슬픔 없는 나라로
너희는 가서

슬픔 없는 나라로
너희는 가서

김사인
엮음

문학동네

차례

1부

2부

3부

4부

책머리에

1

모든 존재하는 것들은 평정을 얻지 못하면 운다(物不得其平卽鳴, 한유韓愈). 그럴진대 시인이란 어떤 존재인가. 자신이 처한 시대와 뭇 목숨들의 열망에 깊이 사무쳐, 뜨겁게 때로 쉽게 울고 부르짖는 자, 요컨대 시대의 온전치 못함을 '잘' 우는 것으로 본분을 삼는 자이다. 그 부근의 일이 이른바 '시하는' 노릇일 터이며, 시인이란 바로 그러하고자 무진 애쓰는 자들, 그와 같고자 제 몸과 넋을 시대의 복판에 내놓는 자들을 가리키는 이름이어야 한다. 시인인 한, 아프고 근심하고 분노하기를 어떻게 피할 수 있겠는가. 시대를 아파하고 분노하지 않으면 시가 아니라는(不傷時憤俗非詩也) 다산 정약용의 언명을 여기 함께 적어둔다.

이 책은 읽기의 형식으로 '시하고자' 했던 작은 노력의 산물이다. 시를 고르고 읽는 일을 빌려 나는 근심하고 분노하고 울고자 했다. 성근 책이지만, 어려운 시간을 함께했던 독자들과 그때의 간절함을 되새기는 데 소용이 된다면 감사하겠다.

그와 함께 이 책에서 나는 우리가 기대고 있는 시라는 관념이 대개 서구 poetry 체계의 번역이며, 일제강점기에 정착된 것이라는 점을 간간이 환기하고자 했다. 또 이 책에는 말과 노래, 글과 그림이 '시하기'의 큰 테두리 속에서 별개가 아니며, 오히려 지나친 구분이 오늘의 시를 빈약하게 만들고 있다는 뉘우침이 담겨 있다. 시만이 시가 아니라 모든 절실하고 애쓴 언어들은 시에 준한다는 생각이다. 그런 얼마간의 고심을 행간에서 헤아려주셨으면 한다.

2

수록된 글들은 2017년 정초부터 4월 말 사이에 씌어졌다. 나라는 안팎으로 격랑 속에 있었고, 위기감 속에서 숨죽여 하루 한 편씩 시를 고르고 소감을 붙여 연재를 이어갔다.

그 넉 달은 어떤 시간이었던가.

거듭된 북한의 대규모 핵실험과 미국의 트럼프식 리더십이 충돌하면서 한반도 상황은 일촉즉발의 벼랑 끝으로 치닫고 있었다. 선제 타격까지 거론되는 마당에 정작 한반도의 남과 북은 아무런 소통 채널도 갖지 못한 채였다.

우리의 국정 공백을 틈타기라도 하듯 주한 미군이 사드 장비를 전격 배치하고(2017년 4월 26일), 중국은 군사적 위협과 함께 한국을 여행 금지 국가로 지정했다. 미중 정상회담에서 한국은 본래 중국의 일부였다는 말이 오간 것도 이 무렵의 일이다.

식민 침략과 전쟁의 책임을 벗자는 쪽으로 방향을 잡은 아베의 일본은, 독도 영유권 주장으로 우리를 도발하거나 위안부 강제 동원을 부인하기를 서슴지 않았다. 위안부 문제가 '최종적, 불가역적으로' 타결되었다는 한일 정부 간의 엉뚱한 합의문이며, 작전하듯 체결된 한일 군사정보포괄보호협정(GSOMIA, 2016년 11월)은 득실을 논하기에 앞서 다수 국민들의 정서상 동의하기 어려운 것이었다.

이 긴박한 시기에 나라는, 삼백여 명의 생죽음을 전

국민이 생중계로 지켜봐야 했던 세월호 참극(2014년 4월) 이래 국정 기능이 마비된 채 삼 년째 표류하고 있었다. 온 나라 사람들은 겨울 내내 촛불을 들고 광장으로 나섰고, 총체적 무능과 국정 농단의 책임을 물어 마침내 대통령이 파면(2017년 3월 10일), 구속되는 무참한 지경에 이르렀다. 이어 세월호 선체 인양이 침몰 1천여 일 만에야 이루어졌다(2017년 4월 11일). 5월 9일 대통령 선거가 있었고, 새 대통령은 그 다음날 즉시 취임을 해야 했다. 평범한 많은 이들조차 나라 걱정으로 피가 마르던 시간이었다.

분명한 것은, 여전히 한반도의 운명이 한반도 주민들의 손에 있지 못하다는 것, 그것은 1910년의 국망 이래 온 민족이 열망해온 자주적 통일국가를 백 년이 지나도록 이루지 못한 데 따른 피할 수 없는 후과라는 것, 그리고 그 백 년의 싸움은 2019년이 저물어가는 지금도 좀처럼 끝이 보이지 않는다는 사실이다.

3

아침마다 신문에 소개할 시를 고르며, 내심의 몇 가지

지침이 없지 않았다.

무엇보다 그날그날의 상황에 의미 있고 생생하게 부응할 법한 목소리를 찾으려 했다. 그리고 작고 시인들의 글과 시만을 대상으로 삼기로 정했다(죽은 아들에 바친 에릭 클랩튼의 노래 가사가 유일한 예외다). 우리의 시 읽기가 대체로 온고지신에 소홀하다고 생각했기 때문이다. 또 그 좋음에 비해 독자들에게 덜 알려져 있거나 오해된 시인과 시를 우선했고, '참여'를 표방했던 쪽보다는 전통 서정시 쪽을, 중심부보다 주변부, 서울보다는 지역에서 활동했던 시인들을 좀더 앞세우려 했다. 익히 알려진 시인일수록 가능하면 그의 또다른 면모를 소개하려 애썼다. 부족한대로 예와 오늘, 동양과 서양에 두루 눈을 주고자 했고, 외국 시들은 기존의 번역을 참고하되 내 나름의 이해에 따라 고치거나 다시 번역했다. 오류가 있다면 모두 나의 책임이다.

책을 묶으며 나의 문학적 시야와 실감이 기껏 한반도 이남의 백여 년쯤을 더듬거리는 데 그칠 뿐임을 통탄한다. 이북 지역과 칠백오십만 해외 한인들의 말과 글과 노래 들에 대한 무관심과 무지, 전통시대의 유산에 대한 빈약한 공부가 새삼 부끄럽다. 해외 여러 언어권의 역사와 노래들에 대해서는 더 말할 것도 없다. 그러한 민족사의 긴 호흡과 인류사의 큰 추이에 맹목인 채 이 책이 우물 안의 비분강개에 그친 것은 아닐지 두려운 바다. 공부하고 일할 시간이 아직 남았다는 것으로 위안을 삼는다.

오랜 동안 지면을 허락해준 중앙일보와 연구년을 베푼 동덕여자대학교, 책으로 거두어준 문학동네에 감사한다. 이 책이 독자들의 고달픈 마음을 다소나마 덥힐 수 있다면 더 바랄 것이 없겠다.

2019년 12월

김사인 절

1부

나의 사랑하는 나라

김광섭 1905~1977

지상에 내가 사는 한 마을이 있으니
이는 내가 사랑하는 한 나라이러라

세계에 무수한 나라가 큰 별처럼 빛날지라도
내가 살고 내가 사랑하는 나라는 오직 하나뿐

반만년의 역사가 혹은 바다가 되고 혹은 시내가 되어
모진 바위에 부딪혀 지하로 숨어들지라도

이는 나의 가슴에서 피가 되고 맥이 되는 생명일지니
나는 어디로 가나 이 끊임없는 생명에서 영광을 찾아

남북으로 양단되고 사상으로 분열된 나라일망정
나는 종처럼 이 무거운 나라를 끌고 신성한 곳으로 가리니

오래 닫혀진 침묵의 문이 열리는 날
고민을 상징하는 한 떨기 꽃은 찬연히 피리라
이는 또한 내가 사랑하는 나라 내가 사랑하는 나라의 꿈이어니

남북으로 찢긴 채 맨살을 내놓고 뭇 나라들의 업신여김과 손가락질 앞에 이렇게 있다. 그러나 어쩌랴. 우리는 이 무거운 나라를 종처럼 묵묵히 끌고, 저 '신성한 곳'에 닿을 때까지 끝내 갈 수밖에 없다. 이 멸시와 기만에 지칠 대로 지친 나라, 누더기 이 나라, 다시 씻기고 머리 빗겨 돌봐야 한다. 거룩해질 날을 기다려야 한다. 그대의 아이들이 살아야 할 나라이므로.

1947년 좌우 대립의 격동 속에서 발표된 시.

별을 보며

이성선 1941~2001

내 너무 별을 쳐다보아
별들은 더럽혀지지 않았을까
내 너무 하늘을 쳐다보아
하늘은 더럽혀지지 않았을까

별아, 어찌하랴
이 세상 무엇을 쳐다보리

흔들리며 흔들리며 걸어가던 거리
엉망으로 술에 취해 쓰러지던 골목에서
바라보면 너 눈물 같은 빛남
가슴 어지러움 황홀히 헹구어 비치는
이 찬란함마저 가질 수 없다면
나는 무엇으로 가난하랴

근근이 별빛을 쳐다보며 나날을 견뎌왔던 것. 한데 이제 어쩔 것인가. 내가 너무 쳐다봐 도리어 저 별들을 더럽힌 것은 혹 아닐까.

착함과 사랑 쪽으로 한 걸음이라도 나아가려는 바가 아니라면 삶이란 대체 무엇을 하자는 삶이겠는가. 그리고 선하고자 할진대 생의 한 순간인들 어찌 부끄럽지 않을 수 있는가.

내 따뜻한 저녁밥이 지중해를 표류하다 죽어간 시리아 난민 어린이의 몫이 아닌가. 내 안락한 잠자리가 지하도에 웅크린 저 사내의 몫이 아니라고 누가 말할 수 있는가. 하느님은 아실 것이다.

시인은 61세를 일기로 세상에서 내렸다. 풀에게 돌에게조차 미안해서였을 것이다.

삭풍은 나무 끝에 불고

김종서 1383~1453

삭풍은 나무 끝에 불고 명월은 눈 속에 찬데

만리변성에 일장검 짚고 서서

긴 파람 큰 한 소리에 거칠 것이 없어라

살 에는 겨울바람 속에 고원에 올라 광활한 만주 쪽을 보며 발하던, 오백 년 전 한 장수의 기개가 이와 같다. 가슴에 써늘한 바람이 지나가는 듯하다.

그의 담대함과 왕조의 탯자리 터를 확보하려는 세종의 의지가 보태져 6진이 설치되고 오늘의 두만강 국경과 함경도가 있게 되었다. 김종서는 무과가 아니라 문과 급제자였다. 그것도 약관 16세에. 그러나 문약하지 않았다. 그를 베고서야 수양은 왕이 될 수 있었다. 역사의 득실을 여기서 다 말할 수는 물론 없겠으나.

모두 다 아니라고 하고 나는 모른다고 바보 흉내를 낸다. 괄태충 같은 무리들을 듣고 보며 우리도 나날이 비루하고 천박해져간다. 버러지가 되어간다. 한 나라의 마음이 떳떳함을 잃고 망해가는 경로가 있다면 이러할 것이다. '긴 파람 큰 한 소리'의 의인은 어디 없는가. 머리 풀고 내 탓이라고 소리쳐 나서는 자는 없는가.

위대한 것은 인간이 하는 일들이니
나무통에 우유를 받는 일,
꼿꼿하게 살을 찌르는 밀 이삭들을 따는 일,
암소들을 새잎 돋은 오리나무 옆에 머물도록 지키는 일,
숲의 자작나무들을 베는 일,
경쾌하게 흐르는 시냇가에 앉아 버들고리를 삼는 일,
어두운 벽난로와 옴 오른 늙은 고양이와
잠든 티티새와 즐겁게 노는 아이들 곁에서
낡은 구두를 손질하는 일,
귀뚜라미 울음 따가운 한밤중
느직한 베틀 소리를 내며 베를 짜는 일,
빵을 굽고 포도주를 만드는 일,
텃밭에 양배추와 마늘을 심는 일,
그리고 따뜻한 달걀들을 거두어들이는 일.

사소한 사물과 노동의 선량함에 대한 천진한 찬미. '따뜻한 달걀들을 거두어들이는 일'의 복됨이라니!

낭만적인가. 우리의 나날이 고달플수록 생의 근원을 향한 이 깊고 본래적인 감각을 잊지 않는 것이 긴요하다.

이 시가 씌어진 1898년 무렵 드레퓌스 사건으로 온 유럽이 들끓었으나, 그는 피레네 산맥 아래에서 겸손한 수행자의 자세로 평생을 살았다. 이런 영혼을 릴케와 백석과 윤동주가 어찌 사랑하지 않을 수 있었으랴.

• 곽광수 선생의 번역을 참고하였다. 우리말의 의미와 호흡을 고려하여 일부 바꾸었다. 누가 되지 않기를 바란다.

신년 유감—1965년 1월 1일

서정주 1915~2000

'딸라'값은 해마다 곱절씩 오르고
원화값도 해마다 곱절씩 내리고
우리 월급값도 해마다 반값으로 깎이어
너절하게 아니꼽게 허기지게만 사는 것도 괜찮다.

사랑
언약
교통
그런 것들의 효과마저도 해마다 반값으로 줄이어
내가 너와 거래하는 일마저도
모두 다 오다가다 중간쯤에서 그만두어버리는 것도
또한 괜찮다.

중간도 어렵거든
사분지 일쯤에서
팔분지 일쯤에서
작파해버리는 것도 물론 괜찮다.

어차피 맴돌다 날아오르는 회오리바람.
가벼이 땅 디디어 몸부림치다 날아오르는 회오리바람

회오리바람의 걸음이라면
일어선 자리가 바로 저승인들 어떤가?

그렇지만
어찌할꼬?
어찌할꼬?
너와 내가 까놓은
저 어린것들은 어찌할꼬?

아직 서지도 걷지도 모국어도 바로 모르는
저 깡그리 까놓은
저 애숭이 것들은 어찌할꼬?

스무 살부터 일흔 여든까지의
우리 성인의 한 대(代)쯤이야 공꺼라도 무엇이라도 괜찮다.
그렇지만
너하고 내가 깐 저 어린것들
우리보다도 더 공껏이 되면 어찌할꼬?

좋다, 우리 늙은이들 한 세대쯤 인생 거덜나는 것까지는 견딜 수 있다. 그렇지만 저 어린것들은, '아직 서지도 걷지도 모국어도 바로 모르는 저 깡그리 까놓은 저 애숭이 것들은' 대체 어쩌잔 말이냐! 새나 짐승에게나 쓸 법한 '까놓은'이란 비속어가 사람의 어린것 앞에 놓여 시리도록 강렬하다.

1965년 정초의 시. 행간을 비집고 나온 울분과 비통이 오십 년 뒤까지 생생하게 울린다. 시가 쓰인 1964년 무렵은 대일 굴욕외교에 반대하는 국민운동과 쌀값 폭등으로 나라가 들끓었고, 경제 의혹을 밝히려던 노력은 여당의 방해로 좌절됐다. 서정주의 시다.

저녁눈

박용래 1925~1980

늦은 저녁때 오는 눈발은 말집 호롱불 밑에 붐비다

늦은 저녁때 오는 눈발은 조랑말 발굽 밑에 붐비다

늦은 저녁때 오는 눈발은 여물 써는 소리에 붐비다

늦은 저녁때 오는 눈발은 변두리 빈터만 다니며 붐비다

간명하게 제시된 단 네 문장. 그것도 얼핏 보면 거의 같은 말을 싱겁게 반복한다. 그러나 문장을 일으켜세워 시를 잘 '옷 입어'보면, 같음과 다름을 섬세하게 배합하고 변주하는 고품격의 감각에 찬탄케 된다.

말집 호롱불을 시작으로 조랑말 발굽을 지나 여물 써는 소리를 거쳐 주변 빈터로까지 열리는 동선의 과불급 없음과, 그 정밀한 변화를 하나로 아우르는 기저부 '늦은 저녁때 오는 눈발은 ~에 붐비다'의 반복. 이 둘의 대비와 노출의 미적 적절성은 더 뭐라 말할 수가 없다.

올겨울은 눈과 추위가 드물다. 기후변화의 걱정스러운 징후라고도 들린다. 늦은 저녁때 붐비는 눈발이 그립고, 우리와 같이 살던 순한 말과 그 '푸른 말똥'이 그립다. 조랑말은 서민들의 벗이었다. 요즘의 말은 사정이 좀 다른 듯하지만.

• 국정 농단 의혹 속에서 최모씨 딸의 말이 많은 이들의 입에 올랐다.

14일(신미) 저녁에 천안에서 사람이 와 집안 편지를 전하다. 대충 겉봉을 뜯고 본즉 겉에 '통곡' 두 글자가 쓰여 있어 면(葂)의 전사를 알다. 간담이 떨어져 목놓아 통곡하고 통곡하다. 하늘의 어질지 않음이 어찌 이러한가. 슬프다 내 아이야, 나를 버리고 어디로 갔느냐. 내 죄가 많아 네게 미친 것인가. 울부짖을 뿐이다. 하룻밤이 일 년 같다.

16일(계유) 내일로 막내아이 죽음을 들은 지 나흘째다. 마음대로 통곡할 수 없어 영내의 강막지 집으로 가다.

17일(갑술) 맑다. 자식의 복을 입고 새벽에 곡하니, 비통함을 견딜 길 없다.

충무공이 막내아들 면(1577~1597)의 죽음을 듣고 정유년(1597년) 음력 10월에 남긴 『난중일기』의 기막힌 기록이다. 아비는 쉰셋, 죽은 아들의 나이는 꽃다운 스물한 살이었다.

엊그제(2017년 1월 9일)로 세월호 참사 천 일째다. 백주에 삼백 넷의 생목숨이 수장되는 것을, 눈 번히 뜬 채 생중계로 지켜봐야 하는 참척을 온 국민이 당했다. 세계 십위권의 경제대국이요, 세계 십위권의 군비를 자랑한다는 나라에서의 일이다. 그리고 삼 년이 되도록 원인을 모른다.

난중일기 곳곳에 비치는 '다만 어서 죽기를 기다릴 뿐'이라는 충무공의 말이 지금도 뼈가 저리다.

자식들의 죽음을 곡하다 哭子

허난설헌 1563~1589

지난해 귀여운 딸을 잃고
올해는 사랑하는 아들 보내네.
서러워라 서러워라 광릉 땅이여
봉분 둘 나란히 마주하고 섰구나.
백양나무엔 쓸쓸한 바람
도깨비불만 무덤 둘레 희미하게 비치네.
지전 살라 넋을 부르노라.
맑은 물 올려 제를 지내네.
너희 넋 동기간인 줄 부디 알아보고
밤마다 서로 좇아 사이좋게 놀아라.
비록 뱃속에 아기 있다만
그 아인들 잘 자라기 어찌 바라랴.
부질없이 황대사(黃臺詞) 읊조리며
피눈물로 울음소리 삼키노라.

어린 자식의 무덤 앞에 선 어미의 기구한 정경이 생생하여 이 시는 두고두고 사람을 울린다.

선조 연간의 여성 문사 난설헌 허초희의 생애는 자세한 기록이 남아 있지 않다. 유아 사망이 많던 옛날이라고 하나 어린 남매와 태중의 아기까지 연이어 놓치고 무슨 힘으로 견디겠는가. 젊은 어미도 뒤이어 별세하니 난설헌의 나이 스물일곱이었다.

'황대사'는 당 고종의 둘째아들이 지었다고 전하는 비통한 고사의 노래. 자식을 앞세우고 길에서 울고 있는 세상의 모든 어버이들께 다시 한번 곡하고 깊이 절한다.

편지

천상병 1930~1993

점심을 얻어먹고 배부른 내가
배고팠던 나에게 편지를 쓴다.

옛날에도 더러 있었던 일,
그다지 섭섭하진 않겠지?

때론 호사로운 적도 없지 않았다.
그걸 잊지 말아주기 바란다.

내일을 믿다가
이십 년!

배부른 내가
그걸 잊을까 걱정이 되어서

나는
자네한테 편지를 쓴다네.

마음 가난함이 어느 경지에 이르면 이런 빛깔을 지니게 되나. 고통과 미움을 넘어 자신에게 투명한 농담을 걸게도 되는 걸까.

그러나 배부른 내가 배고팠던 나에게 편지를 쓴다는 설정부터 우스운 듯 실은 슬프다. '내일을 믿다가 이십 년'이 간 것! 그러니 헛된 기대는 갖지 말라는 것. 잠시 배불러진 내가 그걸 잊고 행여 '시건방'을 떨까봐 배고팠던 본래 나에게 편지를 쓴다는 것이다.

'나의 직업은 가난'이라고 자부하며, 막걸리 한잔과 허다한 기행으로 자유로웠다고 알려진 사람. 그러나 동백림 사건(1967년) 무렵의 기억을 "몇 년이었는가/ 아이론 밑 와이셔츠같이/ 당한 그날은"(「그날은—새」)이라고 이십 년이 지나서야 내비치던 그 마음의 깊은 곳을 누가 다 알겠는가.

절정 絶頂

이육사 1904~1944

매운 계절의 채찍에 갈겨
마침내 북방으로 휩쓸려 오다.

하늘도 그만 지쳐 끝난 고원
서릿발 칼날진 그 위에 서다.

어디다 무릎을 꿇어야 하나
한 발 재겨 디딜 곳조차 없다.

이러매 눈 감아 생각해볼밖에
겨울은 강철로 된 무지갠가보다.

한국 현대시의 정신이 도달한 한 절정이 여기 있다. 하늘도 다한 자리에서 비로소 있게 되는 '강철로 된 무지개'의 이미지는 어떤가? 이 청렬(淸冽)함은 혀 짧은 몇 마디 해설로 대신할 바가 아니다.

극한에 처한 스스로를 가누는 저 '눈 감아 생각해볼밖에'의 침착하고 고요한 자기 집중은 또 어떤가. 물러섬이나 망설임이 아니라, 매운 겨울을 차라리 자신의 온몸으로 입어 안과 밖의 호흡을 일치시키려는, 애씀의 지극한 형식! 이 회로를 통해서야 겨울이 강철무지개로 지양되는 저 연금술이 가능했으리라.

공동체의 운명과 자신의 삶을 일치시키려는 안간힘으로 이 시는 아프고 황홀하다. 육사는 열일곱 차례의 체포, 투옥 끝에 해방을 한 해 앞둔 1944년 1월 16일 베이징의 일본영사관 감옥에서 숨졌다. 41세였다.

지연 紙鳶

김소월 1902~1934

오후의 네 길거리 해가 들었다.
시정(市井)의 첫겨울의 적막함이여
우둑히 문어귀에 혼자 섰으면,
흰 눈의 잎사귀, 지연(紙鳶)이 뜬다.

'해가 들었다'는 말로 미루어 마른눈이 막 갠 초겨울 저녁 시골 소읍쯤일까. 행인도 별로 없을 네거리 쪽으로 우두커니 문어귀에 기대선 희미한 인물이 하나 있고, 그를 매개로 스산함과 무료가 짧은 시의 행간에 으스스히 재여져 있다. 그 홑저고리 소매 속으로 스미는 한기가 느껴지는 듯하다.

이 전형적인 선경후정(先景後情)이, 그런데 마지막 한 행으로 면목을 전혀 달리한다. 멀리 떠오르는 종이 연을 빌려 공간(景)이 하늘로 넓어지면서 초겨울의 을씨년과 휑뎅그렁이, 문득 새로운 생동을 얻지 않는가. 「진달래꽃」「초혼」 같은 절창들 틈틈이 소월의 우수 어린 소품들은 또다른 보석이다.

저 왜적들은 조금 강성함을 믿고 기세가 교만하여 이웃 나라를 협박하는 것을 능사로 하며, 맹약(盟約) 파괴하는 것을 장기로 삼아 이웃의 의리와 각국의 공론도 돌보지 않고 오로지 나라를 빼앗으려는 방자한 짓을 꺼리지 않습니다. (……) 마땅히 먼저 박제순 이하 다섯 역적의 머리를 베어 나라 팔아넘긴 죄를 밝히고, 외부대신을 교체하여 거짓 맹약의 문서를 없애버리도록 하고, 또 각국 공관에 급히 연락하여 모두 모은 뒤, 일본이 제 강함을 믿고 우리를 겁박한 죄를 성토해야 합니다.

소녀상을 빌미로 다시 독도 영유권 얘기가 일본에서 들려온다. 고통스러운 시간을 지나고 있는 이웃에 대한 예의나 동정은 있어 보이지 않는다.

1905년 을사조약 소식에 맞서 올린 면암 최익현의 상소 일부다. 백 년 전 대쪽 같던 선비의 글이 새롭다. 한 해 뒤 대마도에서 단식 순국을 결행할 때 면암은 74세의 고령이었다. 면암뿐인가. 부임하는 총독 사이토 마코토에게 폭탄을 투척하던 1919년의 강우규 의사도 65세 노인이었다.

필사의 각오가 아니면 긴 굴종뿐일 것이다. 백 년 뒤인 오늘의 동년배분들은 어떤 마음인지 여쭙고 싶다.

그리움

이용악 1914~1971

눈이 오는가 북쪽엔
함박눈 쏟아져내리는가

험한 벼랑을 굽이굽이 돌아간
백무선 철길 위에
느릿느릿 밤새어 달리는
화물차의 검은 지붕에

연달린 산과 산 사이
너를 남기고 온
작은 마을에도 복된 눈 내리는가

잉크병 얼어드는 이러한 밤에
어쩌자고 잠을 깨어
그리운 곳 차마 그리운 곳

눈이 오는가 북쪽엔
함박눈 쏟아져내리는가

백무선(白茂線)은 두만강 무산 근처의 목재를 동해안 백암 쪽까지 실어나르던 삼림철도였다. 험한 벼랑을 느릿느릿 밤새워 달리는 화물기차 검은 지붕에 쏟아지는 함박눈, 그리고 관모봉을 필두로 연달은 산과 산들! 이 장중함이 분단 이전엔 한반도 겨울 풍경의 일부였다. 저 북쪽—압록·두만·개마고원과 함박눈으로 이어지는—의 상상력과 감각을 한국문학은 회복해야 한다.

그 두만강변 처가에 두고 온 식구들을 그리워하며, 해방 무렵 서울 어느 하숙방에서 삼십대의 함경도 사내가 곱은 손을 불어가며 시를 적고 있는 모습이 눈에 선하다. 그의 간절함이 사무쳐 목이 멜 듯하다.

엄숙한 시간

라이너 마리아 릴케 1875~1926

세상 어디선가 지금 울고 있는 사람,
까닭 없이 울고 있는 그 사람은
나를 우는 것이다.

세상 어디선가 지금 웃고 있는 사람,
까닭 없이 웃고 있는 그 사람은
나를 비웃는 것이다.

세상 어디선가 지금 걷고 있는 사람,
덧없이 헤매고 있는 그 사람은
나를 찾아오는 것이다.

세상 어디서 누군가 죽고 있다.
까닭 없이 죽어가는 그 사람은
나를 쳐다보고 있다.

세상의 모든 죽음은 나를 쳐다보며 죽어가고 있는 것이다! 영적 개안의 전율 같은 것이 이 시에는 있다. 지상의 어디선가 지금 일어나는 일은 우리 모두에게, 우리 모두를 향해 일어나는 것임을, 아무리 사소한 일도 우리 모두에 속하는 것임을 본 것이다.

이십대 중반 릴케의 시편들은 러시아 여행으로부터 얻은 이 깊은 눈으로 하여 참으로 겸허하고 경건하다.

릴케에게 씌워져 있는 '로맨틱한 서정 시인'의 이미지는 상당 부분 교정될 필요가 있다. 제1차세계대전이란 이름의 대학살(사상자 천만 명)과 유럽 주민들의 절망에 대한 실감이 없이는 『두이노의 비가』에 스민 고뇌와 고투를 따라 읽기 어렵다. 이승만 대통령과 동갑이었다고 하면, 릴케가 살아냈던 시대가 좀더 잘 짐작될 수 있을까.

스칸디나비아라든가 뭐라구 하는 고장에서는 아름다운 석양, 대통령이라고 하는 직업을 가진 아저씨가 꽃리본 단 딸아이의 손 이끌고 백화점 거리 칫솔 사러 나오신단다. 탄광 퇴근하는 광부들의 작업복 뒷주머니마다엔 기름 묻은 책 하이덱거 럿셀 헤밍웨이 장자, 휴가여행 떠나는 국무총리 서울역 삼등대합실 매표구 앞을 뙤약볕 흡쓰며 줄지어 서 있을 때, 그걸 본 서울역장 기쁘시겠소라는 인사 한마디 남길 뿐 평화스러이 자기 사무실 문 열고 들어가더란다. 남해에서 북강까지 넘실대는 물결 동해에서 서해까지 팔랑대는 꽃밭 땅에서 하늘로 치솟는 무지갯빛 분수, 이름은 잊었지만 뭐라군가 불리우는 그 중립국에선 하나에서 백까지가 다 대학 나온 농민들, 추럭을 두 대씩이나 가지고 대리석 별장에서 산다지만 대통령 이름은 잘 몰라도 새 이름 꽃 이름 지휘자 이름 극작가 이름은 훤하더란다. 애당초 어느 쪽 패거리에도 총 쏘는 야만엔 가담치 않기로 작정한 그 지성, 그래서 어린이들은 사람 죽이는 시늉을 아니하고도 아름다운 놀이 꽃동산처럼 풍요로운 나라, 억만금을 준대도 싫었다 자기네 포도밭은 사람 상처 내는 미사일기지도 땡크기지도 들어올 수 없소, 끝끝내 사나이 나라 배짱 지킨 국민들, 반도의 달밤 무너진 성터가의 입맞춤이며 푸짐한 타작 소리 춤 사색뿐, 하늘로 가는 길가엔 황톳빛 노을 물든 석양, 대통령이라고 하는 직함을 가진 신사가 자전거 꽁무니에 막걸리병을 싣고 삼십 리 시골길 시인의 집을 놀러가더란다.

이런 나라 이런 대통령은 감상적인 꿈인가. 1968년 11월 작이니 오십 년 저편의 시다. 아름답고 한편 슬퍼 다른 말을 덧붙일 수 없다.

어질고 슬기로운 리더에 대한 희구는 동서고금을 넘는다. 그러므로 생각할수록 '대권'은 낡은 말이다. '대임(大任)'이 맞다. 가장 낮게 노심초사하고야 감당될, 할 수만 있다면 피하고 싶은 큰 짐.

그리고 또한 역대 정치 지도자들의 이름을 떠올리며 나는 부끄럽다. 모든 국민은 제 수준에 맞는 지도자를 갖는다는 아픈 말이.

• 이 글이 씌어지고 두 달이 지난 2017년 3월 10일, 현직 대통령이 파면되는 상황이 발생했다.

•• 46~47쪽 시는 가독성을 높이고자 원문에는 없는 쉼표를 추가했다.

가정
家庭

박목월 1916~1978

지상에는
아홉 켤레의 신발.
아니 현관에는 아니 들깐에는
아니 어느 시인의 가정에는
알전등이 켜질 무렵을
문수(文數)가 다른 아홉 켤레의 신발을.

내 신발은
십구 문 반(十九文半).
눈과 얼음의 길을 걸어,
그들 옆에 벗으면
육 문 삼(六文三)의 코가 납작한
귀염둥아 귀염둥아
우리 막내둥아.

미소하는
내 얼굴을 보아라.
얼음과 눈으로 벽(壁)을 짜 올린
여기는
지상.

연민(憐憫)한 삶의 길이여.
내 신발은 십구 문 반.

아랫목에 모인
아홉 마리의 강아지야
강아지 같은 것들아.
굴욕과 굶주림과 추운 길을 걸어
내가 왔다.
아버지가 왔다.
아니 십구 문 반의 신발이 왔다.
아니 지상에는
아버지라는 어설픈 것이
존재한다.
미소하는
내 얼굴을 보아라.

군함 같은 신발을 신고, 식솔들의 먹이를 물어 나르던 고생(古生) 인류의 한 부류가 이 땅에 있었으니, '아버지'라고 불리던 이들이다. 신발 크기를 문(文, 2.4cm)수로 부르던 시절이었고, 슬하 육칠 남매는 예사였고, 제일 듣기 좋은 소리가 '새끼들 목구멍에 밥 넘어가는 소리'와 '내 논에 물 들어가는 소리'라고 말하던 시절이었다. 6·25전쟁으로 많은 게 무너지고 너나없이 어설프고 가난하고 허기지던 시절이었다.

서민의 애환에 대한 공감과 고향을 향한 그리움으로 후기의 목월 시들은 따뜻하기 그지없다. 1964년 시집 『청담』에 수록된 시.

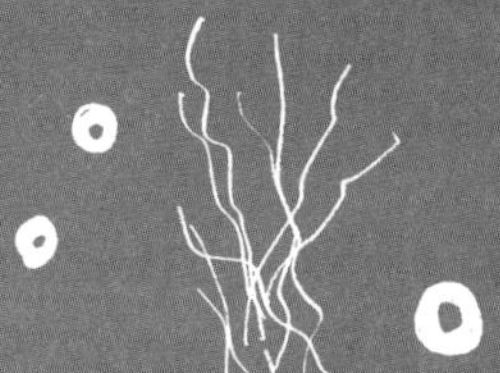

동짓달 기나긴 밤을

황진이 (미상, 조선 중종 연간)

동짓달 기나긴 밤을 한 허리를 베어내어

춘풍 이불 아래 서리서리 넣었다가

어룬 님 오신 날 밤이어든 구비구비 펴리라

대한 추위 끝나가니 입춘이 눈앞이다. 황진이의 시조를 어서 한번 읽어야 한다. 서두르지 않으면 베어 묻을 밤이 짧다.

서경덕과의 일화로 보건대 황진이는 허균이나 이순신보다 한 세대 앞의 사람. 그런데 어찌 이런 기막힌 총명과 현대시적 상상력이 가능했을까. 겨울밤의 독수공방을 희롱하며 누그려 스스로의 적막을 위로하는 마음의 품이 서늘하고, 춘풍 이불 아래 밤을 '김장 담가'두었다가 고운 님 오신 밤에 '구비구비' 늘려 쓰겠다는 맹랑한 감각도 매혹적이다.

'19금' 육담의 울림이 넌지시 깔려 있지만 운치와 기품이 그런 시비를 가소롭게 만든다. 남녀를 불문하고 풍류가 이쯤은 도도하여 속례를 썩 벗어난 벗을 만나면 어찌 하룻밤뿐이겠는가. 더불어 그윽하기를 사나흘인들 마다하리오.

이 심미적 여유와 배포 아래로 조선 팔천(八賤)의 신분적 통한이 놓여 있음을 예민한 독자들께서는 함께 살필 일이다.

명절날 나는 엄매 아배 따라 우리집 개는 나를 따라 진할머니 진할아버지 있는 큰집으로 가면

얼굴에 별자국이 솜솜 난 말수와 같이 눈도 껌벅거리는 하루에 베 한 필을 짠다는 벌 하나 건넛집엔 복숭아나무가 많은 신리(新里) 고무, 고무의 딸 이녀(李女), 작은 이녀(李女)

열여섯에 사십(四十)이 넘은 홀아비의 후처(後妻)가 된, 포족족하니 성이 잘 나는, 살빛이 매감탕 같은 입술과 젖꼭지는 더 까만, 예수쟁이 마을 가까이 사는 토산(土山) 고무, 고무의 딸 승녀(承女), 아들 승(承)동이

육십리(六十里)라고 해서 파랗게 뵈이는 산을 넘어 있다는 해변에서 과부가 된 코끝이 빨간 언제나 흰옷이 정하든, 말 끝에 설게 눈물을 짤 때가 많은 큰골 고무, 고무의 딸 홍녀(洪女), 아들 홍(洪)동이, 작은 홍(洪)동이

배나무접을 잘하는 주정을 하면 토방돌을 뽑는, 오리치를 잘 놓는, 먼 섬에 반디젓 담그러 가기를 좋아하는 삼춘, 삼춘엄매, 사춘누이, 사춘동생들

이 그득히들 할머니 할아버지가 있는 안간에들 모여

서 방안에서는 새 옷의 내음새가 나고

또 인절미, 송구떡, 콩가루차떡의 내음새도 나고, 끼때의 두부와 콩나물과 뽂은 잔디와 고사리와 도야지비계는 모두 선득선득하니 찬 것들이다

저녁술을 놓은 아이들은 외양간섶 밭마당에 달린 배나무 동산에서 쥐잡이를 하고, 숨굴막질을 하고, 꼬리잡이를 하고, 가마 타고 시집가는 놀음, 말 타고 장가가는 놀음을 하고, 이렇게 밤이 어둡도록 북적하니 논다

밤이 깊어가는 집안엔 엄매는 엄매들끼리 아르간에서들 웃고 이야기하고, 아이들은 아이들끼리 웃간 한 방을 잡고 조아질하고 쌈방이 굴리고 바리깨돌림하고 호박떼기하고 제비손이구손이하고, 이렇게 화디의 사기방등에 심지를 몇 번이나 돋구고 홍게닭이 몇 번이나 울어서 졸음이 오면 아룻목 싸움 자리 싸움을 하며 히드득거리다 잠이 든다 그래서는 문창에 텅납새의 그림자가 치는 아츰 시누이 동세들이 욱적하니 흥성거리는 부엌으론 샛문 틈으로 장지문 틈으로 무이징게국을 끓이는 맛있는 내음새가 올라오도록 잔다

백석의 고향은 평안도 정주 '여우난골'. 명절 하면 고향이요, 고향 하면 거침없고 다정한 고향 사투리, 무릇 사투리는 말맛만으로 뜻이 선다.

또 설날 하면 음식과 아이들과 오랜만의 피붙이들, 아이들은 깔깔 즐겁고 어른들은 에헴 의젓하시다. 어린 막냇삼촌과 또래 큰조카가 토닥거리고, 하나가 울면 할배할매는 손주 편, 엄마는 자꾸 부엌으로 끌고 간다. 죽자사자 할매를 잡고 버텨야 한다. 끌려갔다가는 엉덩이에 먼지가 나게 맞는다. 깔깔.

• 56~57쪽 시는 가독성을 높이고자 원문에는 없는 쉼표를 추가했다.

대한제국 애국가

민영환 1861~1905 외

상제(上帝)는 우리 황제를 도우사
성수(聖壽)무강(無疆)하사
해옥주(海屋籌)를 산같이 쌓으시고
위권(威權)이 환영(環瀛)에 떨치사
어천만세(於千萬歲)에 복록(福祿)이
일신(日新)케 하소서
상제는 우리 황제를 도우소서

1902년 민영환의 주도하에 지어진 대한제국 국가다. '해옥주'는 신선의 집에 학이 한 해에 주(籌, 산가지)를 한 개씩 물고 온다는 고사에서 유래한 말이고, '상제'는 하늘님, '환영'은 사해만방의 뜻. 이 노랫말을 황실 양악대 지휘자로 초빙된 독일 음악가 에케르트(Franz Eckert)가 전통 아악의 모티브를 살려 작곡하였고, 악보집은 세계 오십여 개국에 배포되었다.

'민국'의 시대에 맞춰 번안해보건대 부디 나라의 위엄과 힘이 사해만방에 떨치기를, 국민들의 삶의 복됨이 영원토록 새롭기를 하늘에 비는 충정으로 가득차 있다. 그러나 백방의 노력에도 불구하고 열강들의 거친 각축 속에 끝내 국망의 치욕을 당했던 것이 불과 백여 년 전이다.

오늘 한반도 주변의 풍운은 그때와 어떠한가. 평화와 번영의 발신지로서 아름답고 존경받는 공화국가가 될 길이 오늘 우리에게 있는가 없는가. 제정 팔 년 만에 일제에 의해 폐지되었던 최초의 국가를 앞에 놓고 만감이 엇갈린다.

2부

동백잎에 빛나는 마음

김영랑 1903~1950

내 마음의 어딘 듯 한편에
끝없는 강물이 흐르네
돋쳐오르는 아침 날빛이
빤질한 은결을 돋우네
가슴엔 듯 눈엔 듯 또 핏줄엔 듯
마음이 도른도른 숨어 있는 곳
내 마음의 어딘 듯 한편에
끝없는 강물이 흐르네

마음 어딘가에 끝없는 강물이 흐른다는 상상만으로도 좀더 부드럽고 순해지는 느낌이다. '도른도른'이란 말의 호의에 찬 따스함은 또 어떤가. 가슴엔지 눈엔지 도란도란 마음은 숨어 있고, 그 마음의 어딘 듯 한편에 끝없는 강물이 하나 서늘하게 흐르는 사람. 나날의 삶도 세상사도 가파른 소식들뿐이지만, 그리워라, 그 강물 마음속 깊이 잘 지켜 지니시는 사람.

김영랑은 일제 말의 암흑기를 창씨개명도 삭발도 하지 않고 고향 강진에서 견뎌낸다. 동경 유학생이면서도 일본식 한자 관념어를 한사코 사절한 채, 토착의 모어(母語)로 느끼고 생각하고 표현하려 한 그의 고투는 필사적이었다.

공원

자크 프레베르 1900~1977

수천 년에 또 수천 년도
부족하리
우주의 한 별 지구
지구 위의
파리
그 파리의 몽수리 공원에서
겨울 햇빛 아래 어느 날 아침
나와 그대
그대와 내가 입맞춤한
영원의 한순간을
다 얘기하기엔.

광대무변의 우주로부터 지구와 파리, 공원과 두 사람을 향해 빠르게 줌인 되는 영화의 화면을 보는 듯하다. 입맞춤의 순간을 돌파하며 장면은 다시 천 년, 만 년, 영원으로 폭발하리라. 전 존재를 관통하는, 벼락처럼 내리는 입맞춤. 이런 깊고 무서운 입맞춤이 대체 어떻게 가능한 것일까.

그가 쓴 유명한 샹송 〈고엽〉의 노랫말이 그렇듯 프레베르의 시는 경쾌한 듯 비통하고 쉬운 듯 착잡하다. 삶에 대한 비극적 통찰이 깊이 배어 있기 때문이다. 제2차 세계대전의 죽음과 참혹이 프랑스와 그에게도 있었던 것이다. 가까스로 살아 돌아온 귀환 병사와 그 연인의 해후쯤을 떠올릴 때 이 시가 더 생생하게 읽히기도 하는 까닭이다.

종전 직후인 1946년 봄의 시집에 수록되어 있다.

아들을 꾸짖다 責子

도연명 365~427

흰 머리는 귀밑을 덮고
살도 더는 실하지 못한데
다섯이나 되는 아들놈들
하나같이 글공부 싫어하네.
서(舒)라는 놈은 벌써 열여섯 살이건만
천하에 둘도 없는 게으름뱅이
선(宣)이란 놈도 곧 열다섯인데
도무지 글읽기엔 관심도 없네.
같은 열세 살 옹(雍)과 단(端)은
여섯과 일곱조차 구별 못하고
통(通)이란 놈도 아홉 살이 다 된 것이
오직 찾는 거라곤 배나 밤뿐이다.
하늘이 준 자식복 이것뿐이니
또다시 술이나 퍼마시노라.

천육백 년 전의 하소연이 남의 일 같지 않아 빙긋 웃게 된다. 도연명 44세 때의 작품이다.

"쌀 닷 말 월급에 매여 굽실거릴까보냐, 고향집에 가서 농사나 지으리." 팽택 현령 자리 호기롭게 박찬 게 41세 때이고, 그 사임의 변이 바로 고금에 회자되는 「귀거래사(歸去來辭)」다. 그 속에는 마중 나온 어린 아들 손을 잡고 설레며 집안으로 들어서는 장면까지 있다.

그러나 삼 년 후의 탄식이 바로 이 시 「책자(責子)」, 만만찮은 현실, 특히 내 맘 같지 않은 '자녀 교육 문제'에 봉착했던 것이다. 이것 참!

그러나 덧붙이건대, 도연명 아들이 '루저'가 되거나 부자간 의절했다는 얘기는 어디서도 읽지 못했다.

어부

김종삼 1921~1984

바닷가에 매어둔
작은 고깃배
날마다 출렁거린다
풍랑에 뒤집힐 때도 있다
화사한 날을 기다리고 있다
머얼리 노를 저어 나가서
헤밍웨이의 바다와 노인이 되어서
중얼거리려고

살아온 기적이 살아갈 기적이 된다고
사노라면
많은 기쁨이 있다고

출렁거리지 않는 삶은 없다. 돌아보면 누구나 살아온 시간이 기적 같다. 눌변인 듯 담박한 몇 줄이 더 미덥다.

김종삼의 시쓰기는 지면에 아주 조금만 말을 남김으로써, 오히려 길고 깊은 얘기가 그 둘레 빈자리에서 울려나오도록 한다.

아이들과 고전음악과 술밖엔 의지할 데 없던 황해도 은율 출신의 월남민. 그는 세상 떠나기 한 달 전 "구질구질하게 너무 오래 살았다. 더 누추해지기 전에 죽음만이 극치가 될지도 모른다"고 시 「전정(前程)」의 시작 노트에 적었던 바 있다.

무엇보다 눌변의 마지막 구절을 애써 읽어드리고 싶어 이 시를 골랐다. '살아온 기적이 살아갈 기적이 된다고. 사노라면 많은 기쁨이 있다고.'

이 시대의 죽음 또는 우화

오규원 1941~2007

죽음은 버스를 타러 가다가
걷기가 귀찮아서 택시를 탔다

나는 할일이 많아
죽음은 쉽게
택시를 탄 이유를 찾았다

죽음은 일을 하다가 일보다
우선 한잔하기로 했다

생각해보기 전에 우선 한잔하고
한잔하다가 취하면
내일 생각해보기로 했다

내가 무슨 충신이라고
죽음은 쉽게
내일 생각해보기로 한 이유를 찾았다

술을 한잔하다가 죽음은
내일 생각해보기로 한 것도

귀찮아서
내일 생각해보기로 한 생각도
그만두기로 했다

술이 약간 된 죽음은
집에 와서 TV를 켜놓고
내일은 주말 여행을 가야겠다고 생각했다

건강이 제일이지—
죽음은 자기 말에 긍정의 뜻으로
고개를 두어 번 끄덕이고는
그래, 신문에도 그렇게 났었지
하고 중얼거렸다

김대리나 이과장이면 맞을 일상사의 주어 자리에 장난처럼 죽음이란 말을 슬쩍 들여앉힌다. 그러자 'X선'을 쏜 듯, 안 보이던 것이 드러나고 만다. 내장이나 오물처럼 우리가 하나씩 속에 담고 있는 죽음과, 그럼에도 나는 아니라는 듯 시치미를 떼며 지내는 초라함과 무지와 우스꽝스러움과 씁쓸함이 일거에 또렷하다.

한국어의 잠재력을 일깨워 '참 말'을 이루려는 노력들 가운데, 오규원의 예리한 풍자와 우화는 매력적인 한 갈래를 이룬다.

송욱(宋旭)이 술 취해 자다가 아침에 깨었다. 누워 듣자니, 솔개 울음소리 까치 소리, 수레와 말 시끄럽고, 울 밑 절구질 소리 부엌 설거지 소리, 늙은이 소리 아이 소리, 꾸짖는 소리 기침 소리, 온갖 소리가 다 있는데 오직 제 소리만 안 들린다. 멍하니 중얼거리기를 "집안 식구들 다 있는데 어찌 나만 없나?" 눈을 뜨고 둘러보니 옷은 횃대에 있고 갓은 벽에 걸려 있고 책상에는 책들이 있고, 거문고는 누워 있고 가야금은 서 있고, 들보에는 거미줄, 벽에 붙은 파리, 방안에 있을 것들 다 제자리에 있는데 송욱이 저만 없지 않은가! 소스라쳐 일어서서 자리를 내려다보니, 베개는 남쪽으로 있고 이불은 들려 있는데 그 속에도 송욱이가 없다. "어허, 이놈이 미쳐서 알몸으로 나갔구나" 슬프고 딱하여 한편 나무라며 한편 웃으며, 의관을 주섬주섬 챙겨 안고, 찾아 입히려고 한길로 나간다. "송욱이, 송욱이" 사방을 찾아도 송욱이는 안 보인다.

내가 '나라'라고 아는 이것이 참 '나라'가 맞는가. 내가 '시'라고 '문학'이라고 알고 있는 이것이 참 '문학'은 맞는가. 여기 내가 '나' 맞는가. 아닌 줄을 알고나 있나 나는.

글 속의 분열적 유체이탈이 잠시 어이없다가, 생각할수록 남의 일이 아니어서 웃지 못한다. 내가 없으니 내 일을 남 일로 보고 남 노릇을 내 일인 줄 안다. 큰 것에는 허술하고 작은 것에만 골몰한다.

슬프다. 이백여 년 전에 제기된 이 '참된 나' 화두가 아파, 일세의 문장다운 함축과 여운을 기릴 겨를이 없다. 벗 염재(신광식)의 당호에 붙여 삼십대의 연암이 썼던 글 한 대목이다.

이거리 저거리 각거리

구전 노래

이거리 저거리 각거리
진주 맹건 또 맹건
짝바리 희양근
도루매 줌치 장도칼
머구밭에 떡서리
칠팔월에 무서리
동지섣달 대서리

*

이거리 저거리 각거리
천사 만사 두만사
조도깁치 장두칼
장땅개 이땅개
스무리 땅개 꽃바꿍

*

한 알 때 두 알 때
육남 거리 팔괘 장군
노루 사슴이
범에 약대 고드레 땡

연 날리고 쥐불 돌리고 오곡밥도 얻어다놓고, 아랫목 이불 밑에 언 다리 넣고 놀던 아잇적 구전 노래로 각각 경남 고성, 충남 부여, 평안도 지역의 채록 자료이다.

뜻이 분명치 않은 게 말의 흠이 된 지는 오래지 않다. 소리의 차이가 가라앉아 더께 진 것이 뜻일 뿐. '고드레 땡' '꽂바꿍' '동지선달 대서리' 끝말을 소리내보는 것만으로도 입안이 환해진다. 어릴 때 한번 입에 붙으면 평생 잊지 못하는, 이 말맛, 말의 탄력과 리듬이 세상 모든 노래와 시의 원천이다. '랩'의 근본이다.

정월 대보름엔 온 동네가 어울려 지신 밟고 액막이굿을 했다. 촛불이건 태극기건, 공동 운명체의 큰 굿이자 큰 놀이인 점에서 그와 다르지 않다. 놀이와 굿은 모름지기 흥겨워야 한다. 흥겹다보면 사심이 없고, 사심이 없으면 너그럽고, 너그러우면 탈이 없다.

봄

이성부
1942~2012

기다리지 않아도 오고
기다림마저 잃었을 때에도 너는 온다.
어디 뻘밭 구석이거나
썩은 물웅덩이 같은 데를 기웃거리다가
한눈 좀 팔고, 싸움도 한판 하고,
지쳐 나자빠져 있다가
다급한 사연 들고 달려간 바람이
흔들어 깨우면
눈 부비며 너는 더디게 온다.
더디게 더디게 마침내 올 것이 온다.
너를 보면 눈부셔
일어나 맞이할 수가 없다.
입을 열어 외치지만 소리는 굳어
나는 아무것도 미리 알릴 수가 없다.
가까스로 두 팔을 벌려 껴안아보는
너, 먼 데서 이기고 돌아온 사람아.

급할수록 더디다. 지쳐 숨이 넘어갈 때쯤, 마침내 올 것은 온다, 더디게 더디게. 그것이 봄이다.

오면, 봄이 오면, 눈부셔 맞이할 수 없고, 소리가 굳어 이름조차 부를 수 없다. 새날, 새봄은 그렇게 온다. 나의 봄도 너의 봄도, 서울만의 봄도 평양만의 봄도 아니다. 우리 모두의 봄이어야 한다.

봄이 오면 겨울은 망하는가. 그렇지 않다. 봄은 그 겨울에조차 봄인 봄이다. 겨울이 깊이 묻어둔 씨앗에조차 움을 틔우는 봄이어야 한다. 으스스한 봄은 비참하다. 언제까지 온 민족이 살상무기 공방의 볼모가 되어야 하나.

긴급조치의 시대이던 1974년의 작품. 사십 년도 더 전의 시를 마치 오늘의 것인 양 읽게 되는 심정이 기구하다.

저무는 역두(驛頭)에서 너를 보냈다.
비애야!

개찰구에는
못 쓰는 차표와 함께 찍힌 청춘의 조각이 흩어져 있고
병든 역사(歷史)가 화물차에 실리어간다.

대합실에 남은 사람은
아직도
누굴 기둘러

나는 이곳에서 카인을 만나면
목놓아 울리라.

거북이여! 느릿느릿 추억을 싣고 가거라.
슬픔으로 통하는 모든 노선이
너의 등에는 지도처럼 펼쳐 있다.

“내 성은 오씨, 어째서 오가인지 나는 모른다”(「성씨보」)라고 쓰던 시인. 정지용의 휘문고보 제자이자 김기림·임화·박용철이 이구동성으로 칭찬했던 1930년대 경성 시단의 기린아. 그 오장환이 짧은 일본 유학을 중퇴하고 돌아와 1938년에 발표한 시다.

중일전쟁이 터지고 조선어 교육도 폐지되던 무렵임을 감안해야 이 비애와 작별의 깊은 울림에 더 잘 닿아보겠지만, 아니더라도 언어와 이미지를 감당하는 이 시의 조숙과 무게감은 이십대 초반의 나이를 의심케 한다.

오장환은 한 사람의 시인에만 그치지 않았다. 그의 ‘남만서점’이 없었다면 미당의 『화사집』, 김광균의 『와사등』도 운명이 달라졌을 것이다. 해방 후의 이육사 유고 시집 『육사시집』도, 김상훈·이병철·유진오를 발굴한 『전위시인집』도, 박인환의 서점 ‘말리서사(마리서사)’도 없었을지 모른다.

참회록

윤동주 1917~1945

파란 녹이 낀 구리 거울 속에
내 얼굴이 남아 있는 것은
어느 왕조의 유물이기에
이다지도 욕될까.

나는 나의 참회의 글을 한 줄에 줄이자.
—만 이십사 년 일 개월을
　무슨 기쁨을 바라 살아왔던가.

내일이나 모레나 그 어느 즐거운 날에
나는 또 한 줄의 참회록을 써야 한다.
—그때 그 젊은 나이에
　왜 그런 부끄런 고백을 했던가.

밤이면 밤마다 나의 거울을
손바닥으로 발바닥으로 닦아보자.

그러면 어느 운석 밑으로 홀로 걸어가는
슬픈 사람의 뒷모양이
거울 속에 나타나온다.

윤동주는 여전히 피 흐르는 우리의 상처다. '이다지도 욕됨'으로부터 그를 지켜줄 나라는 어디에도 없었다. 아비 노릇을 참칭하며 창씨를 강요하던 군국 일본은, 젊은 그를 후쿠오카 감옥으로 잡아가 군수 의약품용 생체실험으로 죽였다. 바로 오늘(2월 16일)이 그의 기일이다.

이 시는 유학을 위해 창씨개명이 불가피하던 1942년 1월 말의 시이자 조국에서 남긴 마지막 작품이다. 슬픔 속에서 그러나, '밤이면 밤마다 나의 거울을 손바닥으로 발바닥으로 닦아보'며 치욕에 맞섰던 저 선량함이 결국 세상을 살리는 힘임을 믿고자 한다. 일본의 적반하장이 도를 넘는 것을 속수무책 본다. 우리는 이렇게 만만한 나라가 된 것인가.

오리 한 줄

신현정 1948~2009

저수지 보러 간다

오리들이 줄을 지어 간다

저 줄의 말단(末端)이라도 좋은 것이다

꽁무니에 바싹 붙어 가고 싶은 것이다

한 줄이 된다

누군가 망가뜨릴 수 없는 한 줄이 된다

싱그러운 한 줄이 된다

그저 뒤따라가면 된다

뒤뚱뒤뚱하면서

엉덩이를 흔들면서

급기야는 꽥꽥대고 싶은 것이다

오리 한 줄 일제히 꽥 꽥 꽥.

아, 이런 시를 만나면 출근하던 회사도 학교도 아내 심부름도 기꺼이 깜박 잊을 듯하다. 무슨 뜻인지 모른다 쳐도 얼마나 즐거운 '꽥꽥'이겠나.

그렇게 꽥꽥꽥(언론 자유!)거리며 저수지 쪽으로 행진하는 오리 한 줄, 저 천진한 줄의 꽁무니에 따라붙어 깔깔깔 캴캴캴 벌레 먹은 이빨도 다 내놓고 웃으면서, 자꾸 흘러내리는 바지도 추켜올리면서, 콧물도 훌쩍거리면서 덩달아 따라가는 것은 얼마나 인간적인가.

시치미 떼고 오리처럼 똥도 쪼끔 누고, 오줌도 찍 누고, 오리처럼 밥 먹고 오리처럼 낮잠도 고요히 좀 주무시고. 한 사나흘만 그러고 나면, 겨드랑이에 아무도 몰래 쬐그만 날개도 돋을 거라. 싱그러울 거라. 그거로 아직 날 수야 없겠지만. 뒤뚱뒤뚱!

신현정은 한 문학상 수상소감에서 "이 상은 제 시의 친구들인 염소에게 주어야 했습니다. 달팽이에게 주어야 했습니다"라고 말씀하실 줄도 알던 서울 출신 시인이었다. 적어도.

정월 냇물은
아아, 얼고 녹고 하는데
누리 가운데 나고는
몸이여 홀로 가누나

이월 보름에
아아, 높이 켠 등불 같아라
만인을 비추실 모습이로다

(……)

십일월 봉당 자리에
아아, 홑적삼 덮고 누웠네
서러워라
고운 임 여의고 살아감이여

십이월 분디나무로 깎은
아아, 차려 올릴 소반의 젓가락 같아라
님 앞에 들어 올리니
손님이 가져다 입에 무옵니다

「동동」 가운데 정이월과 동지섣달 부분만을, 후렴구를 생략하고 현대어로 옮겼다.

옛 민요는 허술한 듯하지만 인생의 비의에 대한 예리한 통찰을 담는다. '천지간에 태어나 이 몸 홀로 외로이 가는구나'의 일월이며, '님 앞에 올렸건만 남이 가져다 무는' 젓가락 신세에 자신을 비긴 십이월의 가사는 쓰디쓰고 처연하다. 더구나 이런 노랫말들이 '덕은 뒷 잔에 받고 복은 앞 잔에 받으소서'의 덕담을 앞세워 춤과 함께 불렸다는 것이 더 아찔하다.

고려 궁중에서 교방 기생들에 의해 춤 노래로 공연되다가 조선 초 『악학궤범』에 기록되어 전하는 달거리체 노랫말로, 오랜 토착 민요에 뿌리를 둔 것이다. 백 년 몽골 지배에 시달린 고려시대 민초들의 애환과 슬픈 지혜가 이 노래 속에 스며 있지 않겠는가.

실은 오늘 온 나라가 찬 '봉당 자리에 홑적삼 덮고 누웠'는 처지다. 아으 동동다리.

춘설 春雪

정지용 1902~1950

문 열자 선뜻!
먼산이 이마에 차라.

우수절(雨水節) 들어
바로 초하루 아침,

새삼스레 눈이 덮인 뫼뿌리와
서늘옵고 빛난 이마받이하다.

얼음 금 가고 바람 새로 따르거니
흰 옷고름 절로 향기로워라.

옹숭거리고 살아난 양이
아아 꿈같기에 설워라.

미나리 파릇한 새순 돋고
옴짓 아니기던 고기 입이 오물거리는,

꽃 피기 전 철 아닌 눈에
핫옷 벗고 도로 춥고 싶어라.

우수 절기다.

'문 열자 선뜻! 먼산이 이마에 차라.' 이 서느럽고 빛나는 감각은 어떤가. 동양적이라 할 고담과 절제에 서양적이라 함직한 감각의 발랄이 절묘하게 통섭되고 있다. 우수 무렵의 '철 아닌 눈'을 막간의 유쾌로 들어올리는 '핫옷(솜옷) 벗고 도로 춥고 싶어라'의 매력적인 어깃장은 또 어떤가.

정지용은 1930, 40년대 경성 시단을 실질적으로 이끌었다. 시인 이상을 발굴했고, 청록파 시인들이 그를 거쳐 등단했으며, 해방 후 무명의 윤동주 시를 신문 지면에 처음 소개한 것도 그였다. 정지용이 김소월, 유관순과 동갑이라고 하면 많은 분들은 다소 놀라워한다.

흰 옷고름도 절로 향기로운 봄이다. 「백록담」「장수산」과 함께 1939년 『문장』에 발표된 시.

백두산 가는 길 白頭山途中

신채호 1880~1936

인생 사십 년 뿔뿔이 갈렸는데
병과 가난 잠시도 안 떨어지네.
원통하다, 산도 물도 다한 곳에서
마음껏 노래 통곡 그마저도 어렵네.

남북으로 허둥지둥 세월만 갔네.
와도 별수없고 가도 또한 그럴 뿐.
알겠네 만사는 제 뜻으로 자르는 것.
가련하다, 이리저리 눈치 보며 남 따르던 꼴.

위정척사(衛正斥邪)의 근대적 구현이 어디까지 이를 수 있을까. 단재 신채호가 있다. 경성의 아내가 생활고를 호소하자, 정히 어려우면 아이들은 고아원에 맡기라고 망명지에서 답장을 쓰던 사람. 비굴과 삿됨을 용납지 않는 가운데 삶 전체로 강렬한 상징을 이룬 사람.

그의 앞에 면암, 매천, 우당을, 그의 뒤로 이육사, 신동엽, 김남주를 놓아볼 수 있을까. 이승만의 외교론에 멸시에 가까운 비판을 가한 것은 그로서는 필연이었을 것이다.

그의 이채로운 소설들을 제하고도 '의열단 선언'을 비롯한 단재의 명문장들은 동년배인 노신의 것들과 함께 서세동점기 동아시아가 산출한 인식의 절정으로 평가될 만하다. 일제의 다렌 뤼순형무소에서 1936년 2월 21일 칠 년의 수감 끝에 옥사했다.

1914년 만주에서 백두산을 답사하며 남긴 칠언절구 한시 두 수. 시에 서린 고달픔과 탄식이 아프다.

소곡 小曲

박재삼 1933~1997

먼 나라로 갈까나.
가서는 허기져
콧노래나 부를까나.

이왕 억울한 판에는
아무래도 우리나라보다
더 서러운 일을
뼈에 차도록
당하고 살까나.

고향의 뒷골목
돌담 사이 풀잎 모양
할 수 없이 솟아서는
남의 손에 뽑힐 듯이 뽑힐 듯이
나는 살까나.

어쩌면 이런 식으로 마음의 물꼬를 터서 이렇게 희한한 노래를 부를 수도 있는가. 어떤 모양의 억울함에 처하면 이러히 자신을 가누게도 되는가, 처용이처럼. 분노만도 아니고 좌절만도 아닌, 웃음도 아니지만 울음만도 아닌, 씁쓸하고 허전한 가운데 한 자락 도착적인 쾌미(快味)가 없지도 않은 이 마음의 자리. '할 수 없이 솟아서는 남의 손에 뽑힐 듯이 뽑힐 듯이' 살까보다고, 어쩌면 이렇게 말할 수도 있는가.

그런데 알 것 같지 않은가, 이 심정을. 일견 현실을 빗기는 듯한 그의 서정 시편들 바닥에 실은 깊은 가난의 상처와 비애가 놓여 있음을 놓치지 않아야 한다. 박재삼은 일본에서 태어나 삼천포에서 자랐으며, 시조 시인 김상옥과 서정주의 문학적 유산을 자신의 방식으로 승계했다.

말해다오, 장미는 알몸인 건지
아니면 그게 하나뿐인 옷인 건지?

나무들은 왜 그 장엄한 뿌리를
감추고 있을까?

죄지은 자동차의 회한은
누가 들어줄까?

빗속에 우두커니 서 있는 기차보다
더 슬픈 게 세상에 있을까?

뿌리의 장엄한 세계를 동시에 보는 눈, 비를 맞고 서 있는 기차의 슬픔을 알아보는 감각, 동서를 막론하고 시인의 일이란 그 부근에 있다.

네루다는 로르카의 죽음과 스페인 내전이 자신의 시를 현실과 역사에 눈뜨게 했다고 쓴 바 있다. 그리고 피노체트 쿠데타와 아옌데, 빅토르 하라의 죽음 며칠 뒤 그도 죽었다. 천진무구의 동요이자 선가의 공안이라 해도 좋을 이 짧은 물음의 시 일흔네 편이 유고로 남겨졌다는 것도 의미심장하다.

로르카가 "철학보다 죽음에 더 가깝고, 잉크보다 피에 더 가까운" 신비한 목소리라고 극찬했던 네루다의 문학은 남미 현대사의 빈곤과 고난 속에서 솟아난 깊고 뜨거운 꽃이다. 시인 이육사와 같은 나이였다는 것도 여기 적어둔다. 사나운 시대의 가혹한 짐을 져야 했던 이들이다.

죽란시사첩 서 竹欄詩社帖 序

정약용 1762~1836

살구꽃이 피면 한차례 모이고, 복숭아꽃이 피면 한차례 모이고, 한여름 참외가 익을 때 한차례 모이고, 서늘한 바람이 나면 서지(西池)에 연꽃놀이 삼아 한차례 모이고, 국화꽃이 피면 한차례 모이고, 겨울 큰 눈이 왔을 때 한차례 모이고, 세밑에 분매(盆梅)가 피면 한차례 모인다. 모일 때마다 술과 안주, 붓과 벼루를 준비하여 마시며 시를 읊조릴 수 있도록 한다. 나이 적은 사람부터 먼저 모임을 준비하여 한차례 돌면 다시 그렇게 하되, 혹 아들을 본 사람이 있으면 모임을 마련하고, 수령으로 나가는 사람이 있으면 마련하고, 승진한 사람이 있으면 마련하고, 자제 중 과거에 급제한 사람이 있으면 마련한다.

18세기 말 다산 정약용 형제가 벗들과의 시모임 '죽란시사'를 결성하고 함께 정한 규약이다. '어느 달 셋째 토요일 세시 무슨 역 3번 출구'도 나쁘달 것은 아니지만 '살구꽃 필 때, 복사꽃 필 때, 참외 익을 때'와 비기면 어떠한가. 이 생기롭고 기품 있는 시간들을 멀리 떠나와 과연 우리는 오늘 얼마나 더 좋은 사람이 되었나.

인공지능이며 4차 산업혁명 얘기로 마음이 다시 바빠질수록 새봄 머리의 덕담 삼아 이 글을 다시 읽게 된다. 부러 규약의 울타리를 성글게 둘러 여유와 화목을 보전한 것도 지혜롭다.

이 청년 다산이 십팔 년의 유배를 거치면서 시의 공공적 소명에 대한 새 확신에 이르게 되는 것도 음미할 만하다.

북에서 온 어머님 편지

김규동 1925~2011

꿈에 네가 왔더라
스물세 살 때 홀쩍 떠난 네가
마흔일곱 살 나그네 되어
네가 왔더라
살아생전에 만나라도 보았으면
허구한 날 근심만 하던 네가 왔더라
너는 울기만 하더라
내 무릎에 머리를 묻고
한마디 말도 없이
어린애처럼 그저 울기만 하더라
목놓아 울기만 하더라
네가 어쩌면 그처럼 여위었느냐
멀고먼 날들을 죽지 않고 살아서
네가 날 찾아 정말 왔더라
너는 내게 말하더라
다신 어머니 곁을 떠나지 않겠노라고
눈물어린 두 눈이
그렇게 말하더라 말하더라.

김규동 시인은 함경도 두만강 가 종성 사람. 아버지 돌아가신 집안의 장남이었다. 어머니와 동생을 달래두고 스승 김기림을 찾아 1948년 서울로 내려왔다. 그것으로 끝. 스물세 살 문학청년이 팔십 노인으로 숨이 다할 때까지 어머니께 다시 가지 못한다.

이래야 하는가. 6·25의 삼백만으로 모자라 서로 죽이고 죽는 꼴을 또 보겠다는 건가. 북도 남도 말해보라. 이 땅에 당장 평화 있게 하라. 이런 아픈 시를 더는 쓰지 않게 하라.

초혼 招魂

김소월 1902~1934

산산이 부서진 이름이여!
허공 중에 헤어진 이름이여!
불러도 주인 없는 이름이여!
부르다가 내가 죽을 이름이여!

심중에 남아 있는 말 한마디는
끝끝내 마저 하지 못하였구나.
사랑하던 그 사람이여!
사랑하던 그 사람이여!

붉은 해는 서산마루에 걸리었다.
사슴이의 무리도 슬피 운다.
떨어져나가 앉은 산 위에서
나는 그대의 이름을 부르노라.

설움에 겹도록 부르노라.
설움에 겹도록 부르노라.
부르는 소리는 비껴가지만
하늘과 땅 사이가 너무 넓구나.

선 채로 이 자리에 돌이 되어도
부르다가 내가 죽을 이름이여!
사랑하던 그 사람이여!
사랑하던 그 사람이여!

이 통절한 스무 살 식민지 청년의 부르짖음에 이 땅의 백 년은 응답을 이루어냈나. 혼은 돌아왔는가. '산산이 부서진 이름'은 온전히 회복되었는가. 몸과 넋이, 형식과 내용이 일치하는 나라를 이루었는가. 죽음도 삶도 아닌 마비의 몸에 제정신이 들었는가.

만해의 '침묵하는 님'은 좀처럼 입을 열지 않고, 심훈이 기다리던 '그날'도 쉬 동트지 않는다. 삼일절을 앞두고 소식마다 쓰고 참담하다. 오직 기도하고 기도할 뿐이다.

1922년에 발표된 시.

광복가

작자 미상

이천만 동포야 일어나거라
일어나서 총을 메고 칼을 잡아서
잃었던 내 조국과 너의 자유를
원수의 손에서 피로 찾아라

한산(漢山)의 우로(雨露) 받은 송백까지도
무덤 속 누워 있는 혼령까지도
노소를 막론하고 남이나 여나
어린아이까지라도 일어나거라

끓는 피로 청산을 고루 적시고
흘린 피로 강수를 붉게 하여라
섬나라 원수들을 쓸어버리고
평화의 종소리가 울릴 때까지

3·1운동 때는 독립 만세만 외쳤을까.

〈광복가〉는 1919년 만세 현장의 청년들이 가장 널리 불렀던 노래로, 구국의 결의가 삼엄하다. 곡은 러일전쟁기의 일본측 군가가 원용되었다는 설이 있다.

애국계몽 창가들이 합방 후 금지되자, 연해주와 북간도의 학교며 독립군 사이에 불리던 노래들이 1910년대 중반 국내로 흘러들어온다. 이런 애국 창가들의 유통은 철저히 탄압됐으니, 이 년여의 실형을 산 개성의 '창가 독립운동 사건'이 대표적 사례다.

'종이 위의 시'만이 시의 전부라는 우리의 고정관념은 실상 근거가 박약하다. 당대 사람들의 광범위한 바람이 담긴 노랫말과 이야기들을 아우르는 '시'라야 한다. 밥 딜런에게 문학상을 준 노벨상위원회의 문제 제기 또한 거기서 멀지 않을 것이다.

3부

강이 풀리면

김동환 1901~?

강이 풀리면 배가 오겠지
배가 오면은 임도 탔겠지

임은 안 타도 편지야 탔겠지
오늘도 강가서 기다리다 가노라

임이 오시면 이 설움도 풀리지
동지섣달에 얼었던 강물도

제멋에 녹는데 왜 아니 풀릴까
오늘도 강가서 기다리다 가노라

겨울 다해 강이 풀렸으니 배는 오리라. 배가 와야 님이 오시겠고, 하다못해 기별이라도 오리라. 강가의 저 긴긴 기다림은 놓을 수 없는 생의 이유일 터.

이 시는 "몸은 흘러도/ 넋이야 가겠지" "강물만 우더냐/ 장부도 따라 운다"고 남성의 목소리가 울리는, 같은 시인의 「송화강 뱃노래」를 곁들일 때 맛이 더하다. 김동환은 서사시 「국경의 밤」의 시인이자 가족사가 기구했던 함경도 경성 사람. 그의 1920년대 민요시편들은 안서, 소월에 비해 서민적이고 생활에 뿌리를 둔 건강함이 있었다.

해방 후 "사람에게는 부끄러워도 하늘에 부끄러울 수는 없다"고 반민특위에 자수했으며, 1952년 납북 이후 생몰 미상. 〈봄이 오면〉 〈산 너머 남촌에는〉 〈아무도 모르라고〉 등 적잖은 한국 가곡의 명편들이 그의 시를 노랫말로 삼고 있다.

'임이 오시면 이 설움도 풀리'리라. 임 또한 그러시리.

학
鶴

라술 감자토프 1923~2003

가끔 생각하네
전선에 쓰러져 돌아오지 못한 병사들은
죽은 것이 아니라
실은 흰 학이 된 게 아닐까 하고

그래서 전부터 그 계절이면
학들이 높이 울며 날아갔던 듯싶어
우리도 먼 울음소리에 눈물 글썽이며
하늘을 바라보았던 듯싶어

날아가네 저 하늘 학의 무리들
멀어져 더는 보이지 않네
이승의 삶 마치는 날
나도 그 속의 한 마리 학이 되리

아픔도 근심도 다 벗고
하늘 높이 솟아오르겠네
무리에 나도 섞여, 새로 배운 말로
옛 친구들의 이름 하나씩 불러보겠네
지상에 남은 그대들의 이름도 불러보겠네

나는 가끔 생각하네

전선에 쓰러져 돌아오지 못한 병사들은
죽은 것이 아니라
눈처럼 흰 학이 된 거라고.

철원 평야의 철새 무리가, 만주와 노령의 들과 산에서 스러진 독립군의 무명 청년들, 숨져간 6·25의 젊은 장정들, 사할린과 중앙아시아와 멕시코와 하와이의, 끝내 고향으로 돌아오지 못한 동포들의 넋이라고 나는 미처 생각해보지 못했다.

원작은 카스피해 서안 다게스탄공화국의 시인 감자토프가 모어(母語)인 아바르어로 쓴 시다. 1968년에 러시아어로 번역되고 약간의 개사를 거쳐 1969년 처음 노래로 불려졌다. 전쟁의 덧없음과 비애를 노래하고 있는 이 시는, 시보다 드라마 〈모래시계〉의 장중한 테마음악으로 우리에게 익숙하다.

독소전 참전의 참혹한 기억과, 히로시마 평화공원 피폭 어린이 조형의 종이학 형상으로부터 영감을 얻었다고 알려져 있다.

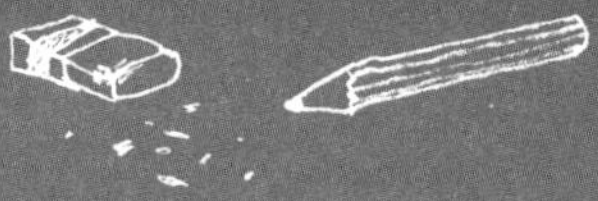

유구한 역사와 전통에 빛나는 우리 대한국민은 3·1 운동으로 건립된 대한민국임시정부의 법통과 불의에 항거한 4·19 민주이념을 계승하고, 조국의 민주개혁과 평화적 통일의 사명에 입각하여 정의·인도와 동포애로써 민족의 단결을 공고히 하고, 모든 사회적 폐습과 불의를 타파하며, 자율과 조화를 바탕으로 자유민주적 기본질서를 더욱 확고히 하여 정치·경제·사회·문화의 모든 영역에 있어서 각인의 기회를 균등히 하고, 능력을 최고도로 발휘하게 하며, 자유와 권리에 따르는 책임과 의무를 완수하게 하여, 안으로는 국민생활의 균등한 향상을 기하고 밖으로는 항구적인 세계평화와 인류공영에 이바지함으로써 우리들과 우리들의 자손의 안전과 자유와 행복을 영원히 확보할 것을 다짐하면서 1948년 7월 12일에 제정되고 8차에 걸쳐 개정된 헌법을 이제 국회의 의결을 거쳐 국민투표에 의하여 개정한다.

헌법 전문(前文)은 한 나라의 성원으로서 우리가 어떤 상식을 공유하고 있으며, 무엇을 함께 열망하는지를 분명하고 정확하게 드러내는 글이다. 국가 공동체가 최대 다수의 합의 위에서 빚어낸 한 편의 문장, 한 편의 시다.

바야흐로 나라의 상식이 바르게 세워져야 하는 시간이다. 과도한 본말전도와 침소봉대, 적반하장과 언어도단들을 정돈해야 한다. 자라나는 아이들에게 부끄럽지 않아야 한다.

1987년 10월 개정된 현행 헌법 전문이며, 단 하나의 문장으로 이루어져 있다.

누가 이 기旗를 들어 높이 펴득이게 할 것이냐

유치환 1908~1967

들거라
진실로 시방 이때이다.
이날을 놓친다면
만 번을 뉘우쳐 죽더라도 미치지 못하리니.

보라
이웃이 이웃을 믿지 않고
형제가 형제를 죽이매
물로 가면 목메어 목메어 우는 여울물 소리
들로 가면 솔바람 통곡 소리
그러나 이제는
여울도 마르고
산천에 초목도 다 마르고
짐승마저 깃을 거둬 자취를 감추거늘
나라도 인류도 이대로 망할까보냐.

시방 이때이다.
슬픔에 죽어가는 형제를 붙들어 일으키고
악한 자는 눈물로서 마음 돌이켜
이웃과 이웃

사람과 사람이 일월(日月)처럼 의지할 때는 이때이니,
그렇지 아니한들
강퍅한 자여 너희도

겨울 동산에 홀로 남은 이리처럼 고독히 죽고
새벽하늘에 별빛 쓰러지듯
쓰러진 나라 위에 다시 나라가 쓰러지고
드디어 인류는 속절없이 멸망하리니.

진실로 시방 이때이다.
이 모질고 슬픈 인류의 마음을
햇빛같이 깨우칠 기(旗)를
높이높이 들어 퍼득일 때는.

6·25를 지나고 토해진 뜨겁고 준엄한 목소리다. 나라와 겨레가 남북으로 찢긴 채 초토가 된 시대였다. 그 시대에 씌어진 유치환, 조지훈, 구상 등의 고뇌에 찬 시편들을 기억해두어야 한다.

어디 있는가. 인간들의 모질고 슬픈 마음을 '햇빛같이' 깨우칠 그 깃발은! 강팍한 시간이 우리에게만 이리도 긴 것인가.

무릇 물이 깊지 않으면 큰 배를 띄울 수 없다. 파인 곳에 물 한 잔을 부으면 검불은 떠서 배가 되지만, 잔을 실으면 바닥에 닿고 만다. 물은 얕고 배는 크기 때문이다.

바람이 두텁지 않으면 큰 날개를 실을 힘이 없다. 그러므로 구만 리를 솟아올라야 날개를 띄울 바람이 아래에 쌓이게 된다. 그런 다음 바람을 타고 푸른 하늘을 등에 지게 되는데, 누구도 그 앞을 막지 못한다. 그런 후에야 아득한 남쪽(南冥)으로 떠날 수 있는 것이다.

가까운 들로 나가는 사람은 세 끼만 준비해도 돌아와 아직 배가 부르지만, 백 리를 가려는 자는 밤새워 방아를 찧어야 하고, 천 리를 가려는 자는 석 달은 양식을 준비해야 한다. 매미나 비둘기들이 어찌 이를 알겠는가.

『장자』「소요유」의 한 대목이다. 북녘바다(北冥)의 곤(鯤)이 붕(鵬)으로 변해 구만 리를 솟구쳐올라 여섯 달을 남으로 날아간다는 장대한 얘기의 뒷부분이다. 『장자』는 호방한 상상의 스케일과 긴 시간에 대한 한자 문화권 특유의 낙관을 대표한다.

길의 멂에 초조해할 것이 아니라 오직 바람이 두터운가를 살필 뿐이다. 구만 리 두께 바람의 힘은 누구도 막지 못한다. 우리의 날개와 바람은 어떠한가. 두텁고 긴 호흡을 잊지 않을 일이다.

평화의 기도

성 프란치스코 1182~1226

주여 나를 당신의 도구로 쓰소서

미움이 있는 곳에 사랑을
다툼이 있는 곳에 용서를
분열이 있는 곳에 일치를
그릇됨이 있는 곳에 참됨을
의심이 있는 곳에 믿음을
절망이 있는 곳에 희망을

어둠에 빛을
슬픔이 있는 곳에 기쁨을
가져오는 자 되게 하소서

위로받기보다는 위로하고
이해받기보다는 이해하며
사랑받기보다는 사랑하게 하여주소서

우리는 줌으로써 받고
나를 잊음으로써 나를 찾으며

용서함으로써 용서받고

죽음으로써 영생을 얻기 때문입니다.

각성의 진실함과 헌신의 서원으로 어려움에 처한 이들에게 감명과 위로를 주어온 기도문이다. 간명한 호흡과 반복의 적정함이 또한 내용의 아름다움과 한몸을 이루고 있다.

프란치스코는 가난한 이들이 겪는 수모를 자신의 몸으로 아파했던 이. 벌과 매미와 새 들과도 친구였던 가톨릭의 성자. 처음으로 이슬람교도와 여성의 발을 씻기고 팔레스타인 분리 장벽 앞에서 평화를 기도한 현 교황의 세례명이 또한 프란치스코다.

프란치스코 성자가 제자들에게 가르친 기도라고 전해지지만, 현재로는 1910년대 초의 인쇄물이 가장 오래된 기록 자료이다. 두 차례 세계대전을 거치면서 동서로 널리 알려졌다.

자식들이 글을 읽는데, 유려하기가 병에서 물 흘러나오듯 한다.

이 또한 유쾌하지 않은가!

아침에 눈을 뜨자, 한숨 소리와 함께 누가 죽었다는 수군거림이 들린다. 얼른 사람을 불러 누가 죽었는가 물으니, 성안에서 제일 인색하던 그 구두쇠라고 한다.

이 또한 유쾌하지 않은가!

가난한 선비가 돈을 꾸러 왔다. 터놓지 못하고 우물쭈물 딴말만 한다. 그 마음을 눈치채고 조용한 데로 데려가, 얼마나 필요한가 물어본 뒤, 달려가 돈을 가져와 건네준 다음 다시 묻는다. "자네 당장 처리할 바쁜 일이 있으신가? 같이 한잔하고 가면 안 되겠는가?"

이 또한 유쾌하지 않은가!

창문 열어젖히고 방안의 벌을 몰아냈다.

이 또한 유쾌하지 않은가!

빚을 다 갚았다.

이 또한 유쾌하지 않은가!

김성탄은 병자호란 무렵 명·청이 교체되는 격동기를 살다 간 중국 장쑤성 사람. 이 글을 비롯하여 양명학적 인간관의 문학적 발현이라고 할 수 있는 이 시기 '청언소품(淸言小品)' 운동은 18세기 이후 조선과 일본의 문풍에 큰 영향을 미쳤다.

'빚을 다 갚은' 처지는 못 되더라도 이런 글로나마 잠시 웃고 가시길. 서른세 단락 가운데 다섯 대목을 골랐다.

죽을 고비는 넘겼는가. 고통스럽지만 환부를 수술하는 것은 무엇보다 그 당사자에게 길게 도움이 되는 일이다. 대개 병을 숨겨 병을 키운다. 그리고 좋은 의사는 병을 다스리되 환자는 미워하지 않는다.

• 대통령 탄핵 재판이 끝난 다음날(2017년 3월 11일)의 글이다.

마지막 편지

박정만 1946~1988

그대에게 주노라,
쓸쓸하고 못내 외로운 이 편지를

몇 글자 적노니
서럽다는 말은 말기를.
그러나 이 슬픔 또한 없기를.

사람이 살아 있을 때
그 사람 볼 일이요.
그 사람 없을 때 또한 잊을 일이다.

언제 우리가 사랑했던가,
그 사랑 저물면
날 기우는 줄 알 일이요,
날 기울면 사랑도 끝날 일이다.

하루 일 다 끝날 때 끝남이로다.

쓸쓸함과 외로움, 서러움과 슬픔이란 말들이 과하게 엎질러진 듯하지만, 말을 싣고 흐르는 리듬 감각, 우리말의 음수/음보적 매력에 들린 시인의 호흡에 의해서 균형이 지탱된다. 나아가 이 힘이 끝 두 연의 잠언투에 처연하고 서늘한 울림까지를 부여하고 있다.

박정만 시인은 1981년 터무니없는 필화 사건으로 기관의 폭력에 시달린 뒤, 건강과 가정을 모두 잃고 술과 시로 견디다가 쓰러졌다. 제목도 없는 두 줄의 시가 유고 뭉치 속에 남아 있었다고 한다.

"나는 사라진다/ 저 광활한 우주 속으로"

꽃나무

이상 1910~1937

벌판한복판에 꽃나무하나가있소 근처에는 꽃나무가 하나도없소 꽃나무는제가생각하는꽃나무를 열심으로생각하는것처럼 열심으로꽃을피워가지고섰소. 꽃나무는 제가생각하는꽃나무에게갈수없소 나는막달아났소 한꽃나무를위하여 그러는것처럼 나는참그런이상스러운흉내를내었소.

이 요령부득의 풍경은 무엇인가. 어느 꽃나무를 열심히 생각하며 열심히 꽃을 피우고 선 '한 꽃나무'의 이미지는, 화려한 만큼이나 비현실적이고 쓸쓸하다. '제가 생각하는 꽃나무에게 갈 수'가 없는 발이 묶인 꽃나무인 것. 이어 그 발 묶임의 절망과 비애를 대신 발산하는 은유적 제의인 양 '나는 막 달아났소'라고 적고 있다.

이상 김해경은 경성 복판의 기술직 집안에서 태어나 자신도 총독부에 취업했던 수재. 그렇기에 더욱 일문으로 쓰고 읽는 일이 당연했던 사람이다. 그의 문체의 현대적 매력은 상당 부분 일본 근대식 문체의 세련에서 온다. 「꽃나무」는 그가 한글로는 처음 발표한 1933년의 시이며, 일본과 서구를 향한 동경과 식민지적 현실 사이에서 질식하고 만 시인의 비극적 운명을 예시하는 듯하다.

비닐우산

신동문 1928~1993

비닐우산,
받고는 다녀도
바람이 불면
이내 뒤집힌다.
대통령도
베트남의 대통령.

비닐우산,
싸기도 하지만
잊기도 잘하고
버리기도 잘한다.
대통령도
콩고의 대통령.

비닐우산,
잘도 째지지만
어깨가 젖는다.
믿을 수가 없다.
대통령도
브라질의 대통령.

비닐우산,
흔하기도 하지만
날마다 갈아도
또 생긴다.
대통령도
시리아의 대통령.

비닐우산,
아깝지도 않지만
잠깐 빌려 쓰곤
아무나 줘버린다.
대통령도
알젠틴 대통령.

존경할 수 없는 권력에 대한 냉소가 문면의 기지와 풍자 사이로 넘쳐난다. '바람이 불면 이내 뒤집'히는 대통령, '날마다 갈아도 또 생기'는 대통령. 매 연의 엉뚱한 끝 행들은 험한 시선을 피하기 위한 장치였으리라. 한일회담 반대운동과 비상계엄으로 살벌하던 1964년의 작품이다. 신동문 시인은 생애의 후반에는 시를 내려놓고 침술로 사람들을 살리다 갔다.

한반도를 둘러싼 미·중·일의 행보가 심상치 않다. 구한말은 적어도 나라가 분단 상태는 아니었다. 자족과 방심은 이르다. 더구나 4·19가 일 년도 안 되어, 10·26은 두 달이 채 안 되어 쿠데타로 이어졌던 것이 엊그제의 악몽 아닌가. 선한 지혜와 용기의 '믿을 수 있는' 운전자를 찾아야 한다. 승객들은 지쳐 있고 밖은 늑대들 울음소리 흉흉한데 갈 길은 멀고 차는 멎었다. 우리에게 신명의 가호가 있기를.

머리칼

레미 드 구르몽 1858~1915

시몬, 너의 머리칼 숲 속에는
커다란 신비가 있다.

너는 건초 냄새가 난다.
너는 짐승이 자고 간 돌 냄새가 난다.
너는 가죽 냄새가 난다.
너는 갓 타작한 밀 냄새가 난다.
너는 장작 냄새가 난다.
너는 이른 아침의 구운 빵 냄새가 난다.
너는 낡은 담벼락 아래 나란히 핀 꽃들의 냄새가 난다.
너는 소나기에 씻긴 들장미와 덩굴광대수염 냄새가 난다.
너는 해질녘에 베어 들인 고사리와 왕골풀 냄새가 난다.
너는 호랑가시나무 냄새가 난다. 너는 보드라운 이끼 냄새가 난다.
너는 울타리 그늘에서 씨를 떨군 채 시든 잡초 냄새가 난다.
너는 쐐기풀과 금작화 냄새가 난다.
너는 토끼풀 냄새가 난다. 젖 냄새가 난다.

너는 회향 냄새가 난다. 아니스 열매 냄새가 난다.
너는 호두 냄새가 난다.
너는 무르익은 과일과 곡식 냄새가 난다.
너는 꽃과 잎 무성한 버드나무와 보리수 냄새가 난다.
너는 벌꿀 냄새가 난다.
너는 들판을 누비는 삶의 냄새가 난다.
너는 대지와 강물 냄새가 난다.
너는 뜨거운 사랑의 냄새가 난다. 불꽃 냄새가 난다.

시몬, 너의 머리칼 숲 속에는
커다란 신비가 있다.

봄은 존재를 부풀어오르게 한다. 봄이 오면 모름지기 애인의 머리칼을 두고 스물다섯 가지 냄새쯤으로는 찬미할 수 있을 일이다. 그도 미진하여 이 시는 마지막을 다시 '시몬, 너의 머리칼 숲 속에는 커다란 신비가 있다'고 적고 있다. 부러울사! '시몬' 연작(1901) 가운데 하나이다.

사랑만이 이 풍부하고 섬세한 감각의 축복을 가능하게 한다. 구르몽의 시 「낙엽」을 읽지 않고 사춘기를 지나온 이도 있을까. 시도 시지만 '시몬'라는 이름의 초콜릿 같은 이국적 매력에 우리는 반은 녹았다. 서양은 우리에게 그렇게 왔었다. 구르몽은 박은식, 이완용과 동갑의 프랑스 시인.

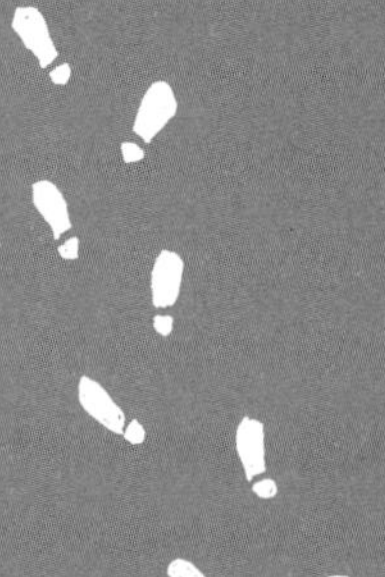

술 마시는 아들 삼백에게 兒三百飮酒

이규보 1168~1241

너 어린 것이 벌써 술잔 기울이니
그러다 머지않아 속 버릴까 걱정이다

고주망태 이 아비를 제발 닮지 말아다오
평생 사람들이 술미치광이라 흉본다네

한 세월 몸 망친 게 모두 술 탓인데
너까지 술을 좋아하니 이를 대체 어쩌노

삼백(三百)이라 작명한 것 이제는 후회로다
하루 삼백 잔씩 마실까 겁이 난다

술심부름 주전자 꼭지로 몰래 한 모금씩 맛보던 막걸리 맛이 엊그제 같건만, 그 시절 아버지들은 이제 모두 고인이 되었다. 저 고려시대 개성의 이씨댁 도령의 술솜씨는 그 이상이었던 듯하다. 꼴깍꼴깍 술을 잘도 마시는 어린 아들을, 한편 대견해하고 한편 난감해하며 바라보는 아비의 표정이 눈에 선하다.

이규보는 무신정권 치하 대몽 항쟁기 신흥 사대부를 대표하는 강화도 시대 고려의 대문호. 그의 「동명왕편」은 당대의 민족적 기개를 대표하는 작품이다. 그러나 무엇보다 '고개 돌려 한번 마시면 삼백 잔'이었다고 전하는 '레전드급'의 대주호! 그 내림이 어디로 가겠는가.

봄기운은 좋은 술기운과 다르지 않다고 옛사람들이 일러왔다.

나비의 여행

정한모 1923~1991

아기는 밤마다 길을 떠난다.
하늘하늘 밤의 어둠을 흔들면서
수면(睡眠)의 강을 건너
빛 뿌리는 기억의 들판을,
출렁이는 내일의 바다를 날으다가
깜깜한 절벽,
헤어날 수 없는 미로에 부딪히곤
까무라쳐 돌아온다.

한 장 검은 표지를 열고 들어서면
아비규환하는 화약 냄새 소용돌이,
전쟁은 언제나 거기서 그냥 타고
연자색 안개의 베일 속
파란 공포의 강물은 발길을 끊어버리고
사랑은 날아가는 파랑새
해후는 언제나 엇갈리는 초조
그리움은 꿈에서도 잡히지 않는다.

꿈길에서 지금 막 돌아와
꿈의 이슬에 촉촉이 젖은 나래를

내 팔 안에서 기진맥진 접는

아가야!

오늘은 어느 사나운 골짜기에서

공포의 독수리를 만나

소스라쳐 돌아왔느냐.

누가 젖먹이들의 곤한 잠을 다시 소스라치게 하는가. 저 아가들을 두고 그 어떤 명분도 평화에 우선할 수 없다. 평양의 아가들, 후쿠시마와 시리아의 아가들인들 다르겠는가.

한반도 주민들의 나날의 삶은 안중에 없어 보이는 미국, 중국도 믿을 수 없지만, 자신의 운명이 남의 손에서 헐값에 거래되도록 상황을 끌고 오는 남북 우리 모두의 무능과 졸렬한 정치적 상상력을 통탄한다.

정한모 시인은 1988년 문공부 장관 시절 납·월북 문학 해금을 이루어냈다. 지용·백석의 시들을 사십 년 만에 다시 읽게 된 것이다. 그의 안목과 자신감이 기여한 바 컸다. 1960년대 중반의 시.

풀잎

박성룡 1934~2002

풀잎은
퍽도 아름다운 이름을 가졌어요.
우리가 '풀잎' 하고 그를 부를 때는,
우리들의 입속에서는 푸른 휘파람 소리가 나거든요.

바람이 부는 날의 풀잎들은
왜 저리 몸을 흔들까요.
소나기가 오는 날의 풀잎들은
왜 저리 또 몸을 통통거릴까요.

그러나 풀잎은
퍽도 아름다운 이름을 가졌어요.
우리가 '풀잎' '풀잎' 하고 자꾸 부르면,
우리의 몸과 맘도 어느덧
푸른 풀잎이 돼버리거든요.

바야흐로 연둣빛 어린잎들의 시간이다. 풀잎을 바라보는 사랑에 찬 시선이 어떤가. 게다가 '풀잎'이란 우리말의 소리는 어쩌면 이리 더도 덜도 아니게 꼭 풀잎다운가. 세상이 드셀수록 부드럽고 푸른 기운을 북돋워야 한다. 풀잎, 풀잎 하고 가만히 주문을 외어볼 일이다. 순하고 여린 기운이 풀물과 함께 우리에게 물들어오지 않겠는가.

박성룡은 사소한 존재들에 깃든 우주적 생명 같은 것과 온 힘을 다해 눈을 맞추려 했던 시인이었다. 1966년의 시.

춘분

최하림 1939~2010

영하 이십 도를 오르내리는 날 아침 하도 추워서 큰 소리로 하느님 정말 이러시깁니까 외쳤더니 꽁꽁 얼어 붙은 고드름이 떨어지며 슬픈 소리로 울었다 밤엔 눈이 내리고 강 얼음이 깨지고 버들가지들이 보오얗게 움터 올랐다 아이들은 강 언덕에서 강아지야 강아지야 노래 불렀다

나는 다시 왜 이리 봄이 빨리 오지라고 외치고 싶었으나 지난 일이 마음 쓰여 조심조심 숨을 죽이고 마루를 건너 유리문을 열고 속삭였다 아무도 모르게 작은 소리로 봄이 왔구나 봄이 왔구나라고

'큰 소리'로 외쳐 얼음이 깨어졌구나. 천신만고 끝의 기막힌 봄. '아무도 모르게 작은 소리로' 속삭이는구나 이제. 삼가고 전전긍긍함이 이와 같구나. 봄이 행여 날아갈까봐. '왜 이리 봄이 빨리 오지' 싶어 못 미더운 마음마저 없지 않구나.

봄인가? 춘분을 맞아 조심히 소리 죽여 혼자 묻는다. 1980년대 후반의 시. 춥고 혹독했던 1970~1980년대에도 최하림의 고뇌와 성찰은 신실함을 잃지 않았다.

바다와 나비

김기림 1908~?

아무도 그에게 수심(水深)을 일러준 일이 없기에
흰 나비는 도모지 바다가 무섭지 않다.

청무우밭인가 해서 내려갔다가는
어린 날개가 물결에 절어서
공주처럼 지쳐서 돌아온다.

삼월달 바다가 꽃이 피지 않아서 서글픈
나비 허리에 새파란 초생달이 시리다.

거대한 바다와 어린 나비의 대비는 그 힘의 절대적 비대칭으로 하여 아득하고 슬프다. 나비의 철부지와 무력을 탓할 것인가, 슬퍼할 것인가. 청무우밭인 줄 알았더란 말인가. '공주처럼' 지쳐 돌아오는 나비의 허리와 시린 초승달의 이미지가 애처로움을 더한다.

김기림은 최재서와 함께 1930년대 영미계 모더니즘 운동을 조선에 들이고 이끌었던 사람이다. 제2차세계대전이 터진 1939년의 작품. 세계사의 기약할 수 없는 앞날에 대한 젊은 지식인의 번민이 스며 있는 시다.

아아, 천 일 만에 가라앉은 배를 건져낸다. 자식 가진 부모들은 또 잠을 설칠 것이다. 어머니들은 더하시리라.

• 세월호 인양이 2017년 3월 22일 시작되어 4월 11일 마무리되었다.

흥부 마누라 나온다. 흥부 마누라 나온다.

"어디 돈, 어디 돈, 돈 봅시다. 돈 봐."

"놔두어라 이 사람아, 이 돈 근본을 자네 아나. 잘난 사람도 못난 돈, 못난 사람도 잘난 돈, 맹상군(孟嘗君)의 수레바퀴처럼 둥굴둥굴 생긴 돈, 생살지권(生殺之權)을 가진 돈, 부귀공명이 붙은 돈. 이놈의 돈아, 아나 돈아, 어디 갔다 이제 오느냐. 얼씨구나 절씨구. 돈 돈 도오온 돈, 돈 돈 돈 돈 봐라."

"여보 마누라, 이 돈 가지고 쌀 팔고, 고기 사서, 육죽을 누그럼하게 열한 통만 쑤소."

아이도 한 통, 어른도 한 통, 각기 한 통씩을 먹여놓으니, 식곤증이 나서 앉은자리에서 고주배기잠을 자는디, 죽 멀국이 코끝에서 소주(燒酒) 후주 내리듯 댕강댕강 허것다.

서른 냥에 곤장 열 대 대신 맞아주기로 하고 거마비 닷 냥을 먼저 받아, 대포 한잔 좋게 걸치고 흥부가 모처럼 가장답게 으스대는 장면이다. 굶던 배에 고기죽을 한 통씩 먹으니 온 식구가 앉은자리에서 기진한다. 죽 멀국이 코끝에서 댕강댕강 떨어지는 저 기막힌 장면 보라!

더 압권은, 다음날 가보니 흥부 이름 팔아 누가 곤장 대신 맞고 맷값을 먼저 타 가버린 것. 울자니 우습고 웃자니 기구하다.

말과 마음을 노는 저 우리말 초식, 저 빛나는 해학과 풍자의 유산은 모두 어디로 실종되었나. 저 끈끈한 리얼리티가 임진왜란 무렵의 서양 사람인 세르반테스며 셰익스피어를 빛나게 했던 바로 그 맛 아닌가. 2017년 작고하신 박송희 명창의 창본에 근거했다. 앞은 중중모리 창이고 뒤는 아니리.

열대여섯 살짜리 소년이 작약꽃을 한아름 자전거 뒤에다 실어 끌고 이조(李朝)의 낡은 먹기와집 골목길을 지내가면서 연계(軟鷄) 같은 소리로 꽃 사라고 웨치오. 세계에서 제일 잘 물디려진 옥색의 공기 속에 그 소리의 맥(脈)이 담기오. 뒤에서 꽃을 찾는 아주머니가 백지(白紙)의 창을 열고 꽃장수 꽃장수 일루 와요 불러도 통 못 알아듣고 꽃 사려 꽃 사려 소년은 그냥 열심히 웨치고만 가오. 먹기와집들이 다 끝나는 언덕 위에 올라서선 작약꽃 앞자리에 냉큼 올라타서 방울을 울리며 내달아 가오.

작약꽃을 한아름 실은 자전거다. 한옥마을 그윽한 골목길을 열대여섯 살 소년이 꽃 사려 외치며 간다. 봄이 깊을 무렵이겠고, 시간은 아침상 치우고 한숨 돌린 오전쯤이 어떨까. 이쯤으로도 족히 상쾌하지만, 여기서 그치면 미당이 아니다.

악센트가 두 군데 더 있다. 뒤에서 창을 열고 불러도 못 알아듣고 그냥 열심히 외치고만 가는 장면이 그 하나. 말할 수 없이 생기로운 향기가 난다. 또하나는, 골목 끝 언덕 위에서 앞자리에 '냉큼' 올라타 방울을 울리며 내달아 가는 대목. 옥빛의 봄 공기를 그 방울 소리는 얼마나 영롱하게 쟁그랑쟁그랑 울리는가. 소년 역시 고달픈 가운데서도 씩씩할 것이다.

시집 『동천』(1968)에 수록된 시.

천국의 눈물

에릭 클랩튼 1945~

천국에서 우리가 만나면
이 아빠의 이름을 기억할까
천국에서 우리가 만나면
너는 변함없이 그 모습일까
나는 꿋꿋하게 살아내야 해
아직 너처럼 천국 사람이 아니니까

천국에서 우리가 만나면
내 손을 좀 잡아주겠니
천국에서 우리가 만나면
내가 일어서도록 좀 도와주겠니
나는 밤낮으로 내 길을 찾을 거야
천국에 머물 수 없다는 걸 나는 아니까

살다보면 좌절할 때가 있단다
살다보면 주저앉을 때도 있단다
살다보면 가슴 아픈 일도 있는 거란다
간절히 빌렴 그럴 때는
간절하게 빌렴

나는 믿는단다
문 너머 저편에 평화가 있다는 걸
그리고 천국에는 더이상 눈물이 없으리란 걸

천국에서 우리가 만나면
이 아빠의 이름을 기억할까
천국에서 우리가 만나면
너는 변함없이 그 모습일까
나는 꿋꿋하게 살아내야 해
아직 너처럼 천국 사람이 아니니까

1992년 발표돼 사람들을 울렸던 〈Tears In Heaven〉의 노랫말이다. 마약과 술로부터 겨우 재기할 무렵 네 살 된 아들을 사고로 잃고 회한 속에서 지은 에릭 클랩튼의 노래다. 혹 어려움이 닥치거든 '간절하게 빌라'고 당부하는, 슬픔 없는 곳에 갔으리라 믿으면서도 한편 마음놓지 못하는 아비의 심정이 우리를 뭉클하게 한다.

완화삼 玩花衫 — 목월에게

조지훈 1920~1968

차운 산 바위 위에 하늘은 멀어
산새가 구슬피 울음 운다.

구름 흘러가는
물길은 칠백 리

나그네 긴 소매 꽃잎에 젖어
술 익는 강 마을의 저녁노을이여.

이 밤 자면 저 마을에
꽃은 지리라.

다정하고 한 많음도 병인 양 하여
달빛 아래 고요히 흔들리며 가노니……

산과 하늘의 차가운 수직을 구름 흐르는 물길 칠백 리의 수평과 유장함으로 받아 균형을 취한다. 오늘 이 강마을의 저녁노을에, 내일 저 마을에 질 꽃으로 대(對)를 이루어 시의 터를 넓힌다. 이 예민한 균형 속을 '달빛 아래 고요히 흔들리며 가는' 나그네라니!

세상과 나, 경물(景)과 심정(情)을 적절한 선후와 고저 속에 펼치고 아우르는 이 수려한 감각이 스물셋 청년의 것이었다. 동아시아 전통 교양에 근거한 이 기품의 힘이, 식민지 말기의 어둠을 절필로 견디게 하고, 4·19 전후의 뜨거운 시들과 후안무치의 세태를 질타하는 『지조론』을 가능하게 했을 것이다.

'완화삼'이란 제목은 '꽃과 노을에 젖은 나그네의 저고리를 완상함'쯤으로 새겨 읽으면 좋을 듯. 이 시에 대한 화답으로 「나그네」를 목월이 쓴 바 있다.

돌

13

전봉건 1928~1988

돌
하나 없는
서울서
돌 하나를 얻자면
새벽 깜깜한 어둠 속에서
눈떠 일어나 떠나야 한다.

돌
하나 없는
서울에
돌 하나를 얻어 돌아오면
모두들 눈 감고 잠든 밤
다시 깜깜한 어둠 속이다.

생의 마지막 몇 해를 전봉건은 '돌' 연작과 '6·25' 연작에 매진했다. 그의 미적 염결성에 힘입어 한국 시는 혼돈과 악몽의 6·25를 포착하는 한 시야와 감각을 얻었다.

그는 1951년 국군 위생병으로 복무하다 부상으로 제대한 사람. 돌이 그에게 개인사와 민족사의 상처와 직면하는 고행의 현장일 때, 신새벽, 한밤중의 남모르는 오체투지 없이는 나아갈 수 없었을 것이다.

다만 한 걸음씩 묵묵히 딛는 경건의 사람이 오늘도 어딘가 있어야 한다. 아니고는 이 '돌 하나 없는 서울'에서 돌을 구하러 나아갈 수 없을 것이다. 돌을 얻어 돌아올 수 없을 것이다. 박두진과 함께 전봉건은 돌을 깊이 사랑했던 시인들 가운데 한 분이다.

4부

하늘은 지붕 너머

폴 베를렌 1844~1896

하늘은 지붕 너머
저렇게 파랗고 조용하구나.
종려나무는 지붕 너머 저편에
큰 잎을 일렁이고 있구나.

공중에 달려 종은
은은하게 울리고,
나무 위에는
제 설움을 우는 새 한 마리.

오 맙소사, 삶은 저렇게
단순하고 고요하게 있는 것을.
시가지 쪽에서 들려오는
평화로운 저 웅성거림.

—무엇을 했는가, 여기서 이렇게
끝없이 울고 있는 너는.
말해보라, 무엇을 했는가, 너는
네 청춘으로 대체 무엇을 했는가?

생의 막다른 자리에 이르러 스스로에게 던지는 자책과 뉘우침의 시다. 1873년 브뤼셀의 미결감방에서다.

베를렌의 난폭한 기질이며 랭보와의 치정에 대해서는 널리 알려진 반면, 두 사람의 자포자기와 자기 파괴가 보불전쟁의 패전, 파리코뮌 실패(1871)에 이은 학살과 탄압 속에서였던 점은 흔히 간과된다. 특히 베를렌은 파리코뮌에 적극 참여했던 사람이다. 그 부분이 적절히 보완되어야 시에 대한 이해도 온전해지지 않을까. 공포와 도피 속에서 스스로를 패륜 지경까지 몰아갔던 이 다감한 영혼은 이어 이 년의 실형을 살았다.

'너는 네 청춘으로 대체 무엇을 했는가' 하는 아픈 물음 앞에서 우리는 얼마나 떳떳한가.

너도 아니고 그도 아니고, 아무것도 아니고 아무것도 아닌데…… 꽃인 듯 눈물인 듯 어쩌면 이야기인 듯 누가 그런 얼굴을 하고,

간다 지나간다. 환한 햇빛 속을 손을 흔들며……

아무것도 아니고 아무것도 아니고 아무것도 아니라는데, 온통 풀 냄새를 널어놓고 복사꽃을 울려놓고 복사꽃을 울려만 놓고,

환한 햇빛 속을 꽃인 듯 눈물인 듯 어쩌면 이야기인 듯 누가 그런 얼굴을 하고……

봄인 듯도 하고 시간인 듯도 하다. 어떤 흐름이 부드럽고 설레는 호흡으로 피어나 시를 이루고 있다. 어느 것도 아니면서 전부인 이 무엇, 이 무엇을 어떻게 형언할 수 있을까.

실은 이 얼굴 없는 '무명(無名)'의 산 몸에 가닿으려는 노력이야말로 김춘수의 시적 생애를 일관한 주제였다. 나아가 그는 의식 과잉, 의미 과잉의 억압으로부터 언어를 해방시키기 위해서는, 현대시가 아니라 성당(盛唐) 시인들이나 단테나 고려속요에서 언어를 대하는 태도를 배워야 한다고까지 말했던 바 있다. 1951년의 시.

누구를 위한 조종弔鐘인가

존 던 1572~1631

어느 누구도 외따로 온전한 섬이 아닐지니,
우리 각자는 대륙의 한 조각
또는 대양의 한 부분.
흙덩이 하나가 바닷물에 씻겨가면
유럽 땅이 그만큼 작아지듯이,
바닷가 모래톱이 씻겨가도
그대와 친구들의 땅이 씻겨가도 또한 마찬가지.
그 누구의 죽음도 나를 감소시키네
나는 인류라는 대륙의 일부이므로.
그러니 묻지 말라
누구를 위한 장례의 종인지.
바로 그대를 위해 울리는 종이니!

사필귀정이라 할 것이나 나라의 운수 비색함이 무참하기 그지없다. 대통령을 지내고 온전한 이가 하나도 없는 나라가 되고 말았다.

무엇이 우리를 이렇게 몰아가는가. 뽑은 것도 우리요, 내린 것도 우리다. 욕을 하는 것도 나요, 욕을 먹는 것도 나다. 누구를 감옥에 가둔 것인가. 존 던에 의하면, 바로 나를 가둔 것이다. 17세기 영국판 '온생명론'이라 할 만한 이 시는, 본래 시가 아니라 '긴급한 처지의 기도문'으로 작성된 글이다.

존 던은 자살 지경까지 갔던 곡절 많은 청장년기를 거쳐 영국 교회의 고위 사제가 되었던 사람. 이 시는 헤밍웨이 장편소설의 제목(누구를 위하여 종은 울리나)이 되어 더 유명해졌다.

사시
四時

김종길 1926~2017

어릴 적 시골 옛집에서
맨 처음 배운 한시가
도연명의 「사시」였다.

"봄물은 네 못에 가득차고(春水滿四澤),
여름 구름은 기이한 봉우리들(夏雲多奇峯).
가을 달은 밝은 빛 휘날리고(秋月揚明暉),
겨울 영마루에 우뚝 선 솔 한 그루(冬嶺秀孤松)."

그러고 보니 '사시'는
사람의 한평생에도 있는 것 같다.

청춘은 못에 가득찬 봄물,
장년은 기이한 여름 흰 구름.
초로(初老)는 밝은 가을 달,
융로(隆老)는 한 그루 겨울 소나무.

아흔 나이를 바라보는 나 자신이 지금,

겨울 영마루에 홀로 서 있는
소나무 신세가 아닌가!

1947년 등단이니, 가장 오랜 연륜의 현역 시인이었을 김종길 선생의 부음이다(2017년 4월 1일). 선생은 육사의 한시 「주난흥여(酒暖興餘)」의 '노석청하(老石晴霞)'에서 취한 '석하(石霞)'로 자신의 아호를 삼아 마음에 깊이 이육사를 지녔으며, 유가적 수양과 영미문학 공부를 하나로 아울러 고요하고 깊은 시의 기품을 이루었다.

1960년대의 '참여 순수 논쟁'에 즈음하여 실험을 빙자한 난해 시, 참여를 빙자한 시의 도구화에 대해 뜻밖에도 양자 모두 '주체성'을 가져야 한다고 비판했던 것은 다시 생각할수록 깊은 안목이다.

「사시」는 2015년 1월의 시인데, 특유의 담백함 속에 아흔 노객의 탄식이 깊은 울림으로 스며 있다. 길이 평안하소서.

봄은 고양이로다

이장희 1900~1929

꽃가루와 같이 부드러운 고양이의 털에
고운 봄의 향기가 어리우도다.

금방울과 같이 호동그란 고양이의 눈에
미친 봄의 불길이 흐르도다.

고요히 다물은 고양이의 입술에
포근한 봄 졸음이 떠돌아라.

날카롭게 쭉 뻗은 고양이의 수염에
푸른 봄의 생기가 뛰놀아라.

봄과 고양이가 서로를 빌려 팽팽한 생동을 이루고 있다. 이 감각의 '쿨함'과 정물적 엄밀성, 언어의 예민함은 대체 무엇인가. 소월보다도 두 살이 많은 이장희의 이러한 선명함과 세련은 이전의 한국어가 가져본 적 없는 형언(形言)의 방식이다. 정지용과 이상의 '현대적' 언어가 출현하는 것도 이로부터 십여 년 후의 일이다.

서구적 어문 감각이 유입되던 초창기의 사정을 짐작하기 위해서도, 그의 시편들에 구현되고 있는 마음의 기원과 역사적 의미가 좀더 충분히 살펴져야 한다. 그를 통해 조선의 1920년대가 새로운 내면을 추가할 수 있지 않았을까. 1924년의 시. 30세로 요절했으며 삼십여 편의 시를 남겼다.

청명 清明

두목 杜牧 803~852

청명 좋은 시절
비는 흩뿌려

길 나선 나그네의
애를 끊누나

묻노니
주막이 어디쯤인가

목동은 손을 들어
살구꽃 핀 마을을 가리켜주네

소 모는 아이의 손끝을 따라 천 년 뒤 우리의 시선에도 살구꽃 핀 마을이 저만치 보일 듯하다. '청명'의 뜻과 소리, 비에 젖은 나그네, 그리고 살구꽃과 주막들이 이루는, 애수와 평화가 깃든 이 풍부한 공간감. 한시의 이러한 구도와 마음의 동선은 동아시아 중세가 달성한 삶과 세계 인식의 한 전범이라 할 수 있다. 따라서 후세에 의해 다양하게 변주, 승계됨은 당연한 일.

게다가 두목이 누군가. 양주(楊州) 술집 거리를 취해서 지나면 미희들이 던진 귤로 수레가 가득해졌다는 전설적 미남자. 「춘향가」조차 이도령을 소개하는 대목에서 '연광(年光)은 이팔이요 풍채는 두목지라' 했던 바로 그 사람이다. 목지(牧之)는 그의 자(字).

마침내 청명 절기다. 진달래 개나리에 이어 살구꽃 복사꽃이 밀고 오리라. 한잔 봄술과 더불어 아름다우시기를!

봄날은 간다

손로원 1911~1973

연분홍 치마가 봄바람에 휘날리더라.
오늘도 옷고름 씹어가며
산제비 넘나드는 성황당 길에
꽃이 피면 같이 웃고 꽃이 지면 같이 울던
알뜰한 그 맹세에 봄날은 간다.

새파란 풀잎이 물에 떠서 흘러가더라.
오늘도 꽃편지 내던지며
청노새 짤랑대는 역마차 길에
별이 뜨면 서로 웃고 별이 지면 서로 울던
실없는 그 기약에 봄날은 간다.

열아홉 시절은 황혼 속에 슬퍼지더라.
오늘도 앙가슴 두드리며
뜬구름 흘러가는 신작로 길에
새가 날면 따라 웃고 새가 울면 따라 울던
얄궂은 그 노래에 봄날은 간다.

연분홍 치마와 새파란 풀잎, 열아홉 시절 등의 이미지는 적절할 뿐 아니라 연결 또한 유려하다. 이어 산제비 넘나드는 성황당과 청노새 짤랑대는 역마차 길, 뜬구름 흘러가는 신작로가 펼쳐져 생생함을 더한다. 여기에 곡조까지! 이만한 '국민 애송시'가 또 있는가. 그리움이고 슬픔이되 너무 모질지 않다.

손로원은 〈귀국선〉 〈고향의 그림자〉 〈에레나가 된 순희〉 등 명품의 가사를 썼던 사람. 1953년 전쟁 막바지에 지어져 이듬해 박시춘 작곡, 백설희의 노래로 발표되었다.

좋은 노랫말은 그 자체로 좋은 시이며, 시들은 좀더 노래 불려야 한다.

살이 살과 닿는다는 것은

이선관 1942~2005

살이 살과 닿는다는 것은
참 좋은 일이다
가령
손녀가 할아버지 등을 긁어준다든지
갓난애가 어머니의 젖꼭지를 빤다든지
할머니가 손자 엉덩이를 툭툭 친다든지
지어미가 지아비의 발을 씻어준다든지
사랑하는 연인끼리 입맞춤을 한다든지
이쪽 사람과 위쪽 사람이
악수를 오래도록 한다든지
아니
영원히 언제까지나 한다든지, 어찌됐든
살과 살이 닿는다는 것은
참 좋은 일이다.

싸움이 아닌 모든 살 닿음은 평화에 가깝다. 살을 돌처럼 만들어 쥔 주먹이 아니라, 둥글고 부드럽게 편 손바닥이 이루는 위로와 안심이라니. 오죽하면 도널드 트럼프, 시진핑의 정치적 악수나 포옹에조차 마음 한쪽이 덩달아 따뜻해질까. 리더들은 그런 감동을 국민에게 선사할 의무가 있다.

남과 북이 예외일 리 없다. 예외는커녕, 악수를 '영원히 언제까지나 한다든지' 한들 누가 나무라겠는가.

이선관 시인은 중증의 뇌성마비인 채로 고향 마산을 지켰고, 마산은 그의 꾸밈없이 곧고 맑은 시를 품어 돌봤다. 그는 자신의 장애보다 세상의 장애를 더 아파했다.

매화에 부치는 편지

황금찬 1918~2017

함경남도 원산, 명석동(明石洞) 십오 번지
우수절(雨水節)이었는데
농무(濃霧) 속에 비가 내리고 있었다.

새벽 두시 반이나, 세시였을 것이다.
뜨락 매화나무 옆에서
맏딸년을 안은 아내와 이별을 했다.
"당신이 가면 어떻게 살지요?"
"남편의 구실을 못해 미안하오"
"비가 오는데 그만 들어가요, 몸이나 조심해야지"
"큰 소리로 해선 안 돼요, 그리고 제 근심은 마세요"
"딸년이나 잘 기르오"
아내는 통 말이 없다.
나는 몇 걸음 걷다 돌아섰다.
세 살 난 딸년은 매화 가지를 잡고 놓지 않았다.

어제 같은데 십삼 년이다.
이제는 보고 싶지도 않다.
만나면 무섭기만 하리라.

매화나무는 그 뜰에 지금도 서 있을까.
있다면 얼마나 컸을까.
열다섯 살 났을 내 딸년의
두 길은 컸겠지.
그리고 이 봄에도 꽃이 피는가.

당신은 그 집에 살고 있지 않을 것이오.
그러나 살고 있다고 생각하면
왜 이리 무서워질까요.
고향이면서 천애(天涯)의 땅
매화.

외양간에서 잠자던 송아지는
어디로 끌려갔을까.

올해로 100세였던 황금찬 시인이 돌아가셨다.(2017년 4월 8일) 시의 내용이 시인의 삶과 꼭 일치하란 법은 없으나 분단의 상처를 그 또한 피하지 못했음을 짐작하게 한다. 1946년 봄 어느 한밤중의 생이별이다.

이 땅에서 백 년! 그 기구한 갈피들을 누구에게 다 하소연할 수 있었겠는가. 먹먹하다. 선생의 선하고 너그러운 풍모 너머 아득한 데를 누구도 쉬 어림할 수는 없을 터이다. 1959년 5월의 시.

일본놈 일어서니

해방기 민요

소련에 속지 말고

미국 사람 믿지 마라

일본놈 일어서니

조선 사람 조심해라

한반도의 운명에 개입된 나라들의 두음을 살려 짧은 풀이를 붙인 해방 직후의 민요. 중국은 아직 내전중이었고, 이 노래는 1960년대까지도 아이들의 놀이에 불렸다. 노래가 이렇게 적중하다니, 무섭고 놀랍지 않은가. 민요는 민심의 표현이고, 집단지성의 다른 이름인 민심 속에는 반드시 하늘의 뜻이 깃들어 있다. 일본의 패전과 미·소의 한반도 분할 점령이 초래할 앞날에 대한 사람들의 염려가 이런 촌철살인의 통찰을 이룬 것이다.

헌법 66조 3항은 '대통령은 조국의 평화적 통일을 위한 성실한 의무를 진다'고 명기하고 있다. 통일, 그것도 '평화적 통일'이 아니고는 남도 북도 함께 망할 뿐이라는 뼈저린 현대사의 깨달음이 반영된 조항. 다시 불길한 긴장이 고조되는 지금 대통령이 되려는 이들은, 이 어려운 공안 앞에서 용기와 지혜와 비전을 보여주어야 한다. 겨울 동안 광장에서 불린 또다른 현대 민요의 '우리는 포기하지 않는다'는 끝 대목이 새삼 사무친다. 젊은이들의 미래가 걸린 그 노력을 마음대로 포기할 권리가 누구에게도 없다.

님께서 저를 무한케 하셨으니 그것은 님의 기쁨이었나이다. 이 섬약한 그릇을 님은 비우고 또 비우시어, 늘 다시 신선한 생명으로 채우시나이다.

이 작은 갈대 피리를 언덕으로 골짜기로 지니고 다니시며, 님께서는 영원히 새로운 선율을 불어넣으십니다.

님의 영원한 생명의 손길에 닿인 제 가슴은 기쁨에 겨워 형언할 수 없는 소리를 냅니다.

끝없는 님의 선물은 이 초라한 두 손을 통해 오십니다. 세월이 가도 님은 변함없이 부어주시고, 채울 자리 또한 다함이 없습니다.

불멸의 우주적 근원과 작고 유한한 나를 하나로 아우르는 이 깊은 힌두적 감성은 경이롭다. 간디의 비폭력과 진리운동이 또한 다르지 않다. '근대세계'의 삶이 놓친 명상과 평화, 무구한 기쁨과 찬송이 살아 있는 것이다. 예이츠와 앙드레 지드의 찬탄에 이어 서구는 1913년 노벨문학상으로 타고르를 기렸다.

그의 영성은 벵골의 평원과 갠지스강 가에서 길러진 것이다. 영국으로 유학했던 바 있고, 그는 모든 장르의 글쓰기와 음악과 미술에 두루 걸림이 없었다. 1912년 벵골어 원시를 타고르 자신이 영역한 시집 『기탄잘리(임에게 바치는 송가)』 103편 중의 서시이다.

유리창 1

정지용 1902~1950

유리에 차고 슬픈 것이 어른거린다.
열없이 붙어 서서 입김을 흐리우니
길들은 양 언 날개를 파닥거린다.
지우고 보고 지우고 보아도
새까만 밤이 밀려나가고 밀려와 부딪히고,
물먹은 별이, 반짝, 보석처럼 박힌다.
밤에 홀로 유리를 닦는 것은
외로운 황홀한 심사이어니,
고운 폐혈관이 찢어진 채로
아아, 너는 산새처럼 날아갔구나!

유리창은 얼마나 절망적인 투명함이자 차가움인가. 그 앞에 서서 입김을 흐렸다가 닦고, 흐렸다가 또 닦으며 서 있는, 자식을 잃은 자의 고독과 하소연할 길 없는 심사가 실핏줄처럼 섬세하다. 마지막 두 행에 이르러 눌렀던 격정이 터져나오지만 시 전체가 견지하는 고요함과 기품은 스물여덟 젊은 아버지의 것으로 믿기 어렵다. 그럼으로써 이 시는 슬픔과 아픔의 기막힘을 더 절실하게 보전한다. 둘째 아들을 폐렴으로 잃고 쓴 1930년 1월의 시.

한 가지, 시 뒷부분 '황홀(恍惚)'의 뜻을 '눈부시고 화려하다'는 요즈음의 의미로만 읽는 것은 부적절할 듯. 『노자』 21장을 연원으로 하는 이 어휘는 '미묘하여 헤아리기 어렵고, 흐릿하여 애매한'쯤이 본래의 뉘앙스다. 『시경』을 강의했던 지용이며, 시의 상황까지 감안한다면 이 풀이를 보태는 것이 자연스럽겠다.

좋은 언어

신동엽 1930~1969

외치지 마세요
바람만 재티처럼 날아가버려요.

조용히
될수록 당신의 자리를
아래로 낮추세요.

그리고 기다려보세요.
모여들 와도

하거든 바닥에서부터
가슴으로 머리로
속속들이 굽이돌아 적셔보세요.

하잘것없는 일로 지난날
언어들을 고되게
부려만 먹었군요.

때는 와요.
우리들이 조용히 눈으로만

이야기할 때

허지만

그때까진

좋은 언어로 이 세상을

채워야 해요.

'계속 이러면 그냥 두지 않겠다' '내 주먹은 공일이냐, 언제라도 받아준다'. 철부지 건달이 아니라 원자폭탄과 항공모함을 앞세운 국가들 간에 오가는 현실 속의 대사다. '종북 좌파, 수구 꼴통' 이런 말, '김빠 이빠 친노 친박' 이런 말들은 어떤가. 들을 때마다 우리는 상처 입는다. 사납게 상대를 욕보이고 나는 안 그렇다는 투의 선거 토론도 민망하다. 하나같이 무참하고 야비하며 황폐한 언어들.

눌변이지만 진심인 염려의 말, 따뜻한 믿음의 말, 조금 손해가 되더라도 상대가 좋아하니 나도 따라 기분이 좋은 마음의 말, 연민의 말. '좋은 언어'가 더 쌓여야 '조용히 눈으로만 이야기할' 좋은 세상이 온다고 이 시는 간곡하게 이른다. 1970년 4월 발표된 신동엽 시인의 유작.

어떤 사람

신동집 1924~2003

마지막으로 한번 더 별을 돌아보고
늦은 밤의 창문을 나는 닫는다.
어디선가 지구의 저쪽 켠에서
말없이 문을 여는 사람이 있다.
차겁고 뜨거운 그의 얼굴은
그러나 너그러이 나를 대한다.
나직이 나는 묵례를 보낸다.
혹시는 나의 잠을 지켜줄 사람인가
지향 없이 나의 밤을 헤매일 사람인가
그의 정체를 알 수가 없다.

다음날 이른 아침 창문을 열면
또 한번 나의 눈은 대하게 된다.

어디선가 지구의 저쪽 켠에서
말없이 문을 닫는 그의 모습을.
나직이 나는 묵례를 보낸다.
그의 잠을 이번은 내가 지킬 차렌가.
그의 밤을 지향 없이 내가 헤맬 차렌가.
차겁고 뜨거운 어진 사람은

언제나 이렇게 나와 만난다,

언제나 이렇게 나와 헤어진다.

지구 저켠의 그와 나는 이처럼 번갈아 서로의 밤을 지켜주는 유대 속에 있는 것이다. 그에게 '나직이 묵례를 보내는' 마음을 지니는 것은 비할 데 없이 신비롭고 따뜻한 일. 이런 개안은 세상을 조금은 견딜 만하게 한다. 그와 나 사이의 이 '말없음'이 또한 아름답지 않은가.

프로스트를 번역한 영문학자이자 근면한 시인이었던 신동집은 대구 출신으로 영남 시단의 한 중심이었다. 1968년의 시집에 수록된 시.

저녁 한때

임길택 1952~1997

뒤뜰 어둠 속에
나뭇짐을 부려놓고
아버지가 돌아오셨을 때
어머니는 무 한 쪽을 예쁘게 깎아 내셨다.

말할 힘조차 없는지
무쪽을 받아든 채
아궁이 앞에 털썩 주저앉으시는데
환히 드러난 아버지 이마에
흘러 난 진땀 마르지 않고 있었다.

어두워진 산길에서
후들거리는 발끝걸음으로
어둠길 가늠하셨겠지.

불타는 소리
물 끓는 소리
다시 이어지는 어머니의 도마질 소리
그 모든 소리들 한데 어울려
아버지를 감싸고 있었다.

묵묵히 견디는 아버지의 진땀에, 무 한 쪽을 예쁘게 깎아 내는 어머니의 슬기로움에, 아궁이의 불소리, 물 끓는 소리, 도마질 소리가 이루는 저 애달픈 '저녁 한때'에 부디 하늘과 땅의 돌봄이 있기를!

나라의 존망이 바깥 사람들 손에서 오거니 가거니 하는 이상한 판국이지만, 그럴수록 우리 그리움의 본바탕 쪽이 간절해진다. 이 속수무책의 무능을 우리는 언제까지 대물림할 것인가. 시 속 어린 목소리의 어른스러운 눈과 마음이 새삼 아프다. 임길택 시인은 탄광과 농촌 지역에서 오래 어린이를 가르쳤던 사람. 그의 시들은 슬픔과 선량함의 갈피에 따뜻한 낙관을 불씨처럼 담아두고 있다.

기수騎手의 노래

페데리코 가르시아 로르카 1898~1936

코르도바, 멀고 외로운 곳

검은 조랑말, 큰 달
안장 배낭엔 올리브 몇 개
모든 길 다 안다 해도
나 끝내 코르도바에 닿지 못하리

평원을 가로질러, 바람을 뚫고
검은 조랑말, 시뻘건 달
죽음이 나를 지켜보고 있네
코르도바 망루 위에서

아아, 머나먼 길!
아아, 장한 나의 말이여!
아아, 죽음은 나를 기다리고 있으리!
나 코르도바에 닿기도 전에

코르도바, 멀고 외로운 곳

플라멩코와 투우의 비극적인 강렬함, 햇살과 흰 회벽과 나와 앉은 까만 옷의 과부들로 이어지는 죽음의 그늘. 그것이 우리의 한(恨)에 비견되는 안달루시아 지방 두엔데(Duende)의 이미지다. 코르도바는 그곳에서 패망한 칠백 년 이슬람 왕국의 고도. 로르카는 고향의 비통한 민요와 극을 깊이 사랑했다.

이 시 역시, 죽음이 기다리는, 그러나 가지 않을 수 없는 핏빛 달의 멀고 외로운 땅으로, 안달루시아 민요의 운율에 기대어 코르도바를 울고 있다. 1927년의 시집에 수록되어 있어, 김소월 『진달래꽃』의 처절한 시편들과 같은 무렵에 씌어졌음을 짐작할 수 있다. 로르카는 1936년 프랑코 반군에 피살당했다.

산아, 우뚝 솟은 푸른 산아. 철철철 흐르듯 짙푸른 산아. 숱한 나무들, 무성히 무성히 우거진 산마루에 금빛 기름진 햇살은 내려오고, 둥둥 산을 넘어, 흰구름 건넌 자리 씻기는 하늘, 사슴도 안 오고, 바람도 안 불고, 너멋골 골짜기서 울어오는 뻐꾸기……

산아, 푸른 산아. 네 가슴 향기로운 풀밭에 엎드리면, 나는 가슴이 울어라. 흐르는 골짜기 스며드는 물소리에 내사 줄줄줄 가슴이 울어라. 아득히 가버린 것 잊어버린 하늘과, 아른아른 오지 않는 보고 싶은 하늘에, 어쩌면 만나도질 볼이 고운 사람이, 난 혼자 그리워라. 가슴으로 그리워라.

티끌 부는 세상에도, 벌레 같은 세상에도, 눈 맑은 가슴 맑은 보고지운 나의 사람. 달밤이나 새벽녘, 홀로 서서 눈물 어린 볼이 고운 나의 사람. 달 가고, 밤 가고, 눈물도 가고, 틔어올 밝은 하늘 빛난 아침 이르면, 향기로운 이슬밭 푸른 언덕을, 총총총 달려도 와줄 볼이 고운 나의 사람.

푸른 산 한나절 구름은 가고, 골 넘어 뻐꾸기는 우는

데, 눈에 어려 흘러가는 물결 같은 사람 속, 아우성쳐 흘러가는 물결 같은 사람 속에, 난 그리노라. 너만 그리노라. 혼자서 철도 없이 난 너만 그리노라.

강렬한 의태어와 벅찬 호흡은 그대로 기다림의 뜨거움일 터. '벌레 같은 세상' '아우성쳐 흘러가는' 사람 물결 속에서 그리고 그리는 '볼이 고운 사람'. 저 '철철철 흐르듯 짙푸른 산'으로 가면 만날 것인가. 그의 시 「해」를 지탱하던 기대와 설렘이 실망으로 돌아가던, 해방 직후 혼란기의 작품이다.

푸른 산과 향기로운 풀밭의 시간이 멀지 않다 믿건만, 우리는 아직도 무엇엔가 목이 탄다. 저 청산에 누구의 총질도 허용될 수 없다. '볼이 고운 나의 사람'이 달려올 거룩한 곳이므로!

박두진의 산에는, 전래의 동양적 산수만이 아니라 구약성서 속 지성소(至聖所)의 뉘앙스가 스며 있다. 평생을 곧고 경건했던 그에게 이 시의 넘치는 격정은 이례적이다.

6·25 싸움은 왜 있었나? 우리는 고래 싸움에 등이 터진 새우다. 그러나 아무리 싸움은 다른 놈이 했다 하더라도 우리는 왜 남의 미끼가 됐던가?

남쪽 동포도 북쪽 동포도, 쳐들어온다니 정말 대적으로 알고 같이 총칼을 들었지, 어느 한 사람도 팔을 벌리고 "들어오너라, 너를 대항해 죽이기보다는 나는 차라리 네 칼에 죽는 것이 맘이 편하다. 땅이 소원이면 가져라, 물자가 목적이면 맘대로 해라, 정권이 쥐고 싶어 그런다면 그대로 하려무나. 내가 그것을 너와야 바꾸겠느냐?" 한 사람은 없었다. 대항하지 않으면, 그저 살겠다고 도망을 쳤을 뿐이다. 그것이 자유하는 혼일까? 사랑하는 맘일까?

서로 이겼노라 했다. 형제 싸움에 서로 이겼노라니 정말은 진 것 아닌가? 어떤 승전 축하를 할까? 슬피 울어도 부족할 일인데. 어느 군인도 어느 장교도 주는 훈장 자랑으로 달고 다녔지, "형제를 죽이고 훈장이 무슨 훈장이냐?" 하고 떼어 던진 것을 보지 못했다.

미·중을 비롯한 주변 강국들의 최근 언행에 모두 피를 토할 듯한 심정이다. 한반도 주민의 자존에 대한 능멸이 서슴없다. 누구를 새삼 원망할 것인가. 이런 판국에 나라가 처한 근본 현실의 엄중함을 지엽적인 시비로 가리는 사람들조차 있다.

1950년대 후반부터 1960~1970년대 내내 『사상계』와 『씨알의 소리』를 무대로 한 시대를 뜨겁게 울었던 이 땅의 정신으로 함석헌이 있다. 그의 충정과 생동하는 문체는 언제나 시 이상으로 시적이었다. 1958년 사상계에 수록된 장문의 논설 「생각하는 백성이라야 산다」의 한 대목을 발췌했다.

큰 사랑과 큰 열림과 큰 헌신의 사람을 우리는 기다린다.

엄마 걱정

기형도 1960~1989

열무 삼십 단을 이고
시장에 간 우리 엄마
안 오시네, 해는 시든 지 오래
나는 찬밥처럼 방에 담겨
아무리 천천히 숙제를 해도
엄마 안 오시네, 배춧잎 같은 발소리 타박타박
안 들리네, 어둡고 무서워
금간 창틈으로 고요히 빗소리
빈방에 혼자 엎드려 훌쩍거리던

아주 먼 옛날
지금도 내 눈시울을 뜨겁게 하는
그 시절, 내 유년의 윗목

누군들 '금간 창틈으로 고요히 빗소리' 무섭던 어린 날이 없겠는가. 누구에겐들 '찬밥처럼 방에 담겨 아무리 천천히 숙제를 해도' 오지 않던 어머니의 시절이 없을 것이랴. 저물어가는 '빈방에 혼자 엎드려 훌쩍거리던' 어린 소년이 하나씩 없으랴.

우리는 어쩌면 모두 그토록 가난했던가. 전쟁과 월남과 이농과 도시 변두리의 스산한 날들을 기억하는 이 나라 평범한 모두의 깊은 곳을, 이 시는 아프게 울린다. 선량하고 섬세하던 이 젊은 시인은 한 권의 시집을 남기고 서른이 채 못 되어 하늘로 갔다.

산에서 1

한성기 1923~1984

짐승들과 마주앉아
나는 저들이 좋아서 어쩌지 못할 때가
있다.

이른 봄날
맑은 하늘이 들어 있는
눈들

짐승들과 마주앉아
나는 자꾸만 한 숭어리 꽃 같은
빛깔을 어쩌지 못한다.
쓰다듬으면 조금은 떠는
꽃잎 꽃잎……

조그만 몸뚱아리 속에
가만히 들어와 쉬는
하늘
그 하늘을 들여다보면서
나는 저들이 좋아서 어쩌지 못할 때가
있다.

토끼, 염소, 아니면 강아지나 고양이였을까. 목숨에 대한 이러한 애틋함, 그 여린 떨림과의 '좋아서 어쩌지 못'함은 깊은 외로움을 치르고야 얻게 되는 고요한 능력일 것이다.

시인은 6·25 무렵 아내와 아이를 놓치고 직장과 건강마저 잃은 채 몇 해를 산중에서 견뎠던 바 있다. 게다가 함흥 출신의 실향민. 평생 둑길과 들길을 걷는 것으로 시의 수행을 삼았던 그는 박용래·임강빈과 더불어 충남 대전 시단을 지켰다. 1963년 첫 시집의 표제작이다.

열 마리, 백 마리, 천 마리 제비들이 막막한 해면 위로 뭍의 향훈을 꿈꾸며, 이 공포를 횡단하고 있다. 나의 어지러움이 어느 바다에 부침(浮沈)하는 제비의 유해와 같을 숙명이라 하여도 좋다. 그러나 제비들이 단 한 송이의 장미와 녹음과 첨하(檐下)를 삽입할 여백도 없이 말아 오르는 성난 파도 위를 날으며 있다. 그것은 노력이 반요(反要)하는 무형의 바탕에서 나의 제비가 날으는 힘이라고 하자.

제비의 귀환은 저 망망대해를 작은 몸으로 가로질러서야 가능한 일. 추호의 방심도 허락하지 않는 성난 파도에 맞서는 제비떼의 이미지는 영웅적이다. 이 공포와 현기증과 절대고독이 제비의 숙명이자 또한 '나의 제비가 날으는 힘'인 것이다.

한국전쟁을 청년의 나이로 감당했던 세대의 삶을 치르는 한 감각이 아프게 여기 있다. 장편시 「구곡(九曲)」 「송(頌)」 등 유불, 노장의 교양과 서구적 전위성을 시 속에 아우르고자 했던 김구용의 시적 모험은, 그 난삽함만큼이나 기념비적인 폭과 심도를 구현한다. 이원섭, 신동문, 전영경 등, 이 세대의 독보적 개성들이 충분히 읽히지 못하는 것은 한국어의 큰 손실이다.

자네 늘 날더러 이르되 '둘이 머리가 세도록 살다가 함께 죽자' 하시더니, 어찌하여 나를 두고 자네 먼저 가시는고. 나하고 자식은 누가 거두어 어떻게 살라 하고 다 던지고 자네 먼저 가시는고. 자네 나를 향해 마음을 어찌 가졌으며, 나는 자네 향해 마음을 어찌 가졌던고. 매양 자네더러 내 이르되 한데 누워서 '이보소 남도 우리같이 서로 어여삐 여겨 사랑하리? 남도 우리 같은가' 하며 자네더러 일렀더니, 어찌 그런 일들을 생각지 아니하고 나를 버리고 먼저 가시는고. 자네 여의고 아무래도 난 살 힘이 없어, 쉬 자네와 한데 가고자 하니 날 데려가소. (……) 이 편지 보시고 내 꿈에 자세히 와서 이르소. 내가 꿈에 이 글월 보신 말 자세히 듣고자 하여 이렇게 써서 관에 넣노니, 자세히 보시고 나에게 이르소.

마음에 사무치는 바가 말과 글을 입으면 그것이 바로 시다. '시'를 시늉한 겉모양이 시가 아니라, 안의 사무침이 시인 것이다.

1586년 안동의 고성 이씨 선비가 31세로 세상을 떠나자, 태중인 아내가 한지에 적어 망자의 가슴에 얹어 묻었던 한글 편지의 일부다. 머리칼을 섞어 결은 미투리 한 켤레와 함께 사백 년이 지나 출토되었으나, 그 통절함은 조금도 낡지 않았다.

입말을 뿌리로 한 우리 말글의 기품이 16세기에 이미 이와 같았다. '자네'란 호칭이 '~하소'체 어미와 호응하며 부부간의 경어로 쓰였던 점도 흥미롭다. 한국어의 오늘은 과연 어떠한가.

슬픔 없는 나라로
너희는 가서

초판 인쇄 2019년 12월 5일
초판 발행 2019년 12월 15일

지은이 김사인
펴낸이 염현숙
책임편집 강윤정 | 편집 김봉곤 김영수
디자인 김마리 | 마케팅 정민호 박보람 나해진 최원석 우상욱
홍보 김희숙 김상만 오혜림 지문희 우상희
제작 강신은 김동욱 임현식 | 제작처 한영문화사(인쇄) 경일제책사(제본)

펴낸곳 (주)문학동네
출판등록 1993년 10월 22일 제406-2003-000045호
주소 413-120 경기도 파주시 회동길 210
전자우편 editor@munhak.com | 대표전화 031)955-8888 | 팩스 031)955-8855
문의전화 031)955-3576(마케팅) 031)955-2678(편집)
문학동네카페 http://cafe.naver.com/mhdn | 트위터 @munhakdongne
북클럽문학동네 http://bookclubmunhak.com

ISBN 978-89-546-6000-6 03810

* 이 책은 2017년 동덕여자대학교 연구년 제도 지원에 의해 수행되었습니다.

* 이 도서의 국립중앙도서관 출판예정도서목록(CIP)은 서지유통정보지원시스템 홈페이지(http://seoji.nl.go.kr)와 국가자료공동목록 시스템(http://www.nl.go.kr/kolisnet)에서 이용하실 수 있습니다. (CIP제어번호: CIP2019048396)

www.munhak.com